U0444407

周梦蝶诗全集

周梦蝶 著
曾进丰 编

上

人民文学出版社

图书在版编目（CIP）数据

周梦蝶诗全集：上下／周梦蝶著；曾进丰编．－－北京：人民文学出版社，2025．－－ ISBN 978-7-02-019151-2

Ⅰ．I227

中国国家版本馆 CIP 数据核字第 2025T5A481 号

责任编辑	薛子俊　李义洲
装帧设计	陶　雷
责任印制	张　娜

出版发行	人民文学出版社
社　　址	北京市朝内大街166号
邮政编码	100705
印　　刷	河北环京美印刷有限公司
经　　销	全国新华书店等
字　　数	243千字
开　　本	850毫米×1168毫米　1/32
印　　张	23.375　插页19
印　　数	1—4000
版　　次	2025年7月北京第1版
印　　次	2025年7月第1次印刷
书　　号	978-7-02-019151-2
定　　价	168.00元

如有印装质量问题，请与本社图书销售中心调换。电话：010-65233595

周梦蝶（1921 — 2014）

本名周起述，河南淅川人。曾在开封师范、宛西乡村师范就读，后从军，并于1948年随军到台湾。1952年开始写诗，1954年加入"蓝星诗社"。1959年开始，在台北武昌街明星咖啡馆骑楼下摆书摊营生，专卖诗集和文哲图书，成为台北市知名的艺文"风景"，直至1980年胃疾开刀，才结束二十一年的书摊生涯。周梦蝶是诗歌的苦行僧，几十年间仅得三百余首，出版诗集《孤独国》《还魂草》《十三朵白菊花》《约会》《有一种鸟或人》等，在台湾诗坛有"淡泊而坚卓的狷者"之美誉。

曾进丰（1962 — ）

台湾师范大学文学博士。曾服务于屏东大学、中正大学、高雄师范大学，教授现代诗、乐府诗、诗学研究、文艺美学。倡设"周梦蝶诗奖学会"，成立"周梦蝶文学沙龙"。著有《听取如雷之静寂——想见诗人周梦蝶》《生命之诗·死亡之吻：台湾现代诗生死主题研究》等。主编《周梦蝶诗文集》《台湾现当代作家研究资料汇编18·周梦蝶》《梦蝶全集》《商禽集》等。

诗人周梦蝶,约 1997 年摄于淡水。
(曾进丰 供图)

周梦蝶与蓝星诗社同仁,摄于1962年。前排左起:覃子豪、蓉子、范我存(余光中夫人);后排左起:周梦蝶、罗门、余光中、向明。(向明 供图)

周梦蝶 52 岁生日时摄于其友瞿绍汀家。
（曾进丰 供图）

20世纪70年代左右,周梦蝶和三毛在一起。
(资料图片)

1984年7月25日,周梦蝶在台湾艺术馆举行的散文朗诵会上。
(曾进丰 供图)

20世纪80年代末,周梦蝶与新加坡诗人王润华在自家书摊前合影。
(曾进丰 供图)

周梦蝶与好友——画家陈庭诗在一起,约摄于1991年。
(曾进丰 供图)

1992年9月,周梦蝶与管管(后排右一)、洛夫(后排左四)、商禽(后排右四)、辛郁(后排右二)、周鼎(后排左二)、张默(前排左一)等人出席在雄狮画廊举办的陈庭诗画展。
(曾进丰 供图)

20世纪90年代中,周梦蝶与向明(左一)、曹介直(右一)、蓉子(右二)在蓝星诗社创始人覃子豪先生墓地。10月10日为覃氏忌辰,蓝星同仁每年都前往祭拜。
(向明 供图)

1997年五六月间,周梦蝶返乡探亲时与家人合影。
(曾进丰 供图)

《两个红胸鸟》手稿

眾聰皆起。魚群為私語之星影所驚

譯說：今夜的天河

水聲之冷

總算沒有自冷

我來我聊眠我征服

止止！不許說：

老兵最難寫的一撇是最後的一撇

壬申七夕之又次日于渡水

為全壘打喝采

漫題耳公版畫編號第八十四

周夢蝶

好球！

（千山共一呼）

自大峽谷鳥飛不到的最深深處擊出

誰能捧接？君莫問

薜荔之所在即湖泗之所在

自有綺年玉貌人環珮鏘然

夾天下□□□耳□技而下

周梦蝶手迹《为全垒打喝采》。该诗为画家陈庭诗第 84 号版画而作，因陈 8 岁爬树头朝下跌落，造成终身聋哑，故称之为"耳公"。

周梦蝶手书陶渊明诗

目 录

雪吹风，蝶振翼
——序《周梦蝶诗全集》 曾进丰 001

孤独国

让 003
索 004
祷 005
云 006
雾 008
有赠 010
徘徊 011

除夕 013
现在 014
寂寞 016
冬至 018
乌鸦 019
晚虹 020
乘除 022
默契 023
错失 024
菱角 025
孤独国 026
在路上 028
行者日记 029

第一班车	031
川端桥夜坐	033
冬天里的春天	035
上了锁的一夜	037
刹那	039
晚安！刹那	040
消息（二首）	042
畸恋（四首）	044
钥匙（三首）	048
匕首（五首）	051
无题（七首）	054
四行 八首	059
向日葵之醒（二首）	063

还魂草

序周梦蝶先生的《还魂草》　叶嘉莹　067

辑一　山中拾掇

天窗	076
九行	077
朝阳下	078
守墓者	080
濠上	082
摆渡船上	084

目录

树 086
闻钟 088

辑二 红与黑

一月 091
二月 092
四月 094
五月 095
七月 097
十月 099
十二月 101
十三月 103
闰月 105
六月 107
六月 109
六月 111
六月之外 113

辑三 七指

菩提树下 118
豹 120
山 122
逍遥游 125
行到水穷处 127
骈指 129
托钵者 131

辑四 焚麝十九首

寻 135
失题 137
还魂草 139
一瞥 141
晚安！小玛丽 143
虚空的拥抱 146
空白 148
车中驰思 150
穿墙人 153
你是我底一面镜子 155
一瞥 157
关着的夜 160
绝响 164
圆镜 167
囚 169
落樱后，游阳明山 172
天问 175
燃灯人 177
孤峰顶上 179

十三朵白菊花

卷一 胭脂流水

月河 188
人面石 190

目 录

焚	192
闻雷	194
蜕	196
积雨的日子	198
第九种风	200
好雪！片片不落别处	204
灵山印象	207
雪原上的小屋	209
胡桃树下的过客	211
漫成三十三行	213
空杯 并序	216
无题	219
绝前十行 附跋	220
十三朵白菊花	222
折了第三只脚的人	225
再来人	228
回音	232

卷二 登楼赋

想飞的树	246
荆棘花	248
牵牛花	250
目莲尊者	252
耳公后园昙花一夜得五十三朵感赋	253
四行 一辑八题	255

005

密林中的一盏灯	259
九官鸟的早晨	261
叩别内湖	264
卷三 外双溪杂咏	
疤	267
白西瓜的寓言	269
所谓伊人	272
不怕冷的冷	275
听月图 附跋	279
观瀑图	282
鸟道	284
两个红胸鸟	287
红蜻蜓	290
蓝蝴蝶	294
老妇人与早梅 有序	300
除夜衡阳路雨中候车久不至	303
于桂林街购得大衣一领重五公斤	311
卷四 山泉	
咏叹调	319
血与寂寞	324
吹剑录十三则	329
率然作	339
山泉	342

目录

半个孤儿 … 344

附录 岁末怀人六帖 代后记 … 347

约会

辑一 陈庭诗卷

香赞 … 356

诗与创造 … 357

约翰走路 … 359

凤凰 … 362

蚀 … 363

为全垒打喝采 … 367

未济八行 … 369

既济七十七行 … 370

辑二 为晓女弟作

集句六帖 … 376

癸酉冬续二帖 … 381

用某种眼神看冬天 … 384

三个有翅的和一个无翅的 … 386

辑三 约会

竹枕 附跋 … 389

香颂 … 392

风 … 395

冬之暝 … 398

007

弟弟呀	400
咏雀五帖	402
重有感	408
即事	412
约会	414
八行	417
四行 附跋	418
病起二首(有序)	419
淡水河侧的落日	422
细雪	424
细雪之二	428
细雪之三	430
七月四日	433
仰望三十三行	436
白云三愿 附小序及注	439
垂钓者	442
为义德堂主廖辉凤居士分咏周西麟绘鸭雁图卷	445
坚持之必要	448
花,总得开一次	451
七十五岁生日一辑	457
鸡蛋花	462
咏野姜花 九行二章	464
失乳记	466
断魂记	468

目 录

辑四 远山的呼唤

『怪谈』剪影四事	471
野菊之墓	481
远山的呼唤	484
读K先生摄影有所思 二题	488
笔述赵惠谟师教言二则（代后记）	491

有一种鸟或人

辑一 拟作

拟作 二题	496
门与诗	499
惘然记	501
泼墨	503
善意的缺席	505

辑二 酬答九题

酬答二首（各有跋）	507
山外山断简六帖	511
十四行	516
止酒二十行	518
无题	520
九行 二首	523
试为俳句六帖	525
沙发椅子	528
四月	530

009

两个蜻蜓	532
辑三 再也没有流浪 可以天涯了	
赋格	534
人在海棠花下立	536
果尔十四行	538
辛巳蒲月读徐悲鸿	540
在墓穴里	543
花心动	546
九行 二首	548
无题十二行	550
静夜闻落叶声有所思十则	551
走总有到的时候	558
以刺猬为师	559
急雨即事	561
黑蝴蝶的三段论法	563
情是何物？	566
八十八岁生日自寿	568
岩隙中的小黄花	569
C教授	570
六行	571
辑四 出门便是草	
有一种鸟或人	573
偶而	575

病起 四短句	577
夏至前一日于紫藤庐	580
迟武宣妃久不至	581
善哉十行	
遥寄张巧居士香江	585

风耳楼逸稿

无题	589
水牛晚浴	590
蜗牛	591
工作	592
无题	593
灌溉	594
今天	595
露宿 二首	596
幸福者	598
永恒的微笑	600
诉	602
绳索	603
晓起	604
石头人语	605
火箭	606
咏蝶	607
如果	608
发觉	609
生命之歌	611
四行 四首	613

独语	615
鸟	616
萤	617
我愿做一朵黄花	618
无题	620
雾	621
挽诗	622
拥抱	624
结	625
水龙头	626
落花梦	628
海上	632
季	635

垂钓者	638
枕石	640
十月	642
七月	644
九月	646
十一月	648
山中一夕	651
八月	653
十三月	655
梅雨季	657
十一月	659
一月	661
六月	663

剃	665
无题	667
守墓者	669
死亡的邂逅	671
红与黑	673
手	676
女侍	678
四句偈	680
走在雨中	681
秋兴	683
蜗牛与武侯椰（附跋）	685

诗词补

一得之愚	691
游三地门	692
夜雨	695
率笔 四行	696
浣溪纱 二首	697
附：周梦蝶年表简编	698

雪吹风,蝶振翼

——序《周梦蝶诗全集》

曾进丰

周梦蝶就是诗。妙谛翩翩,一首无涯无尽的诗。

"诗以人见,人又以诗见。"(叶燮《原诗》)周梦蝶人格风格高度统一:他先是一位温柔浪漫、低调静默而艰苦卓绝之人,然后成其意韵饱满、境界高远而有滋味之诗。

一、一代诗僧传奇

二十世纪五十年代起,台湾现代主义艺术风潮鼓动,现代诗坛云兴霞蔚,一时间诗人崛起,诗篇灿若繁花,丽景盛况前所未见。周梦蝶一袭藏青长袍,默坐十字街头,觑探胭脂流水，宛如今之古人。或谓"以孔孟为骨髓，释佛为血液，老庄为灵魂，复以基督为肉身，承担人间悲苦"，始是其人间行色与生命基调。

（一）从"脱轨底美丽"谈起

二十世纪八十年代初，某报纸刊登知名女星胡茵梦半裸照，旁白："没有比脱轨底美丽更慑人的了！"裸女固然令人意乱情迷，文字亦且教人心摇摇若悬旌。随手翻找诗集，好不容易在《还魂草》里发现。从此，"周梦蝶"三字深植心底，一并种下永恒情缘之因。九十年代初，余硕论开题《周梦蝶诗研究》，启航寻访孤独国。几度春秋，流连"明星""百福""逛街""老树""紫藤庐"，闲谈《红楼梦》《聊斋志异》、现代诗及日常阴晴。尤其，每周三晚百福散会，挽扶周公穿过入夜的台北街道，至塔城街候车，或开车载返新店住处，那是生命中的美好时光。

1959年愚人节，"孤独国"正式建立，领地三尺见方，子民恒河沙数。国王坐在书摊旁旧木椅，写诗、练字、读经、冥想，以及"正正经经看美丽女子走过"。有时书摊摆着，有朋友请他到"明星"楼上喝咖啡聊天，或者国王自己跑去听经、看场电影。二十多年间，来来去去奇女子不知凡几，史安妮、洛冰、姚安莉、郑至慧、王海若、顾莲喜、陈媛、翁文娴、水若、葛萱萱、詹喜惠、薛幼春、严婵娟……围绕周公问人生问感情、问诗问禅。倩影莺声绮旎回荡，袅娜风流仿佛红楼金陵十二钗。

周公自道："我是个具有'植物性格'的人。因此，我怕'开始'！对我而言：一次就是永远！"面对尘里尘外诸多错觉和幻觉，永远是无法克制地生死以之；明星、百福之约，坐同样位置。日常生活作息，非不得已亦绝不改变：剪发一定进台北城，走向世界理发厅找阿云，即便阿云已从"九宫鸟的早晨"成为"老妇人与早梅"。泡澡固定至北投天祥温泉，公车转乘二次，下车后，走过数百阶青石小径，途中至少停歇三四回，才抵达澡堂。担心周公年老体衰，不胜舟车劳顿之苦，好几次建议就近前往乌来，他宁可不泡。聚餐时，不管在京华楼、北京楼、六福客栈、是外桃源、孟奶奶私房菜，周公点毕爱吃的豆腐、银丝卷后，立刻沉默等待。有趣的是，刚好摆在尊前的菜，还会以为专属于己。与人有约，总是早早到达约会地点，倘若在家候客，一定梳洗洁净，服装整饬，端坐木椅，双眼紧盯大门口；有时，干脆将椅子移到门外电梯口旁。

那年,周公如一片为我遮雨的落叶,教我学会欣赏苦难,面临"独身与兼身/荒凉的自由/与温馨的不自由"之抉择,如何能够自由而不荒凉,温馨而不沉重。周公赠我条幅"劳谦君子有终吉"(《易经·谦卦》爻辞)和长卷《前后赤壁赋》。又赐字"季鲁",制联"不为伯叔宁为季/鲁学曾参愚学柴";另有嵌名联三对,其中"颜四勿兼曾三省/萤雪斋与风耳楼",两人比肩并坐。周公生活清俭素朴,不忧贫不愁苦,而孜孜寻孔颜乐处,有"今之颜回"雅称;斋名风耳楼取自"万事从来风过耳"(苏轼《无愁可解》),寓意红尘纷扰,何妨淡然处之。细绎其语,颜回谨行四勿,曾参不忘三省;复圣不违如愚,述圣鲁诚奉孝,其间遗憾与期勉,不言可喻。1998年7月,周公搬离淡水,独居新店小屋,我们经常面对面吃面、呷酒,时间超过16年。2014年2月5日家中对坐闲谈,徐徐写下"最后一次"泡澡偈语:"出汗出汗,不要忘了:今日此来,只为出汗。气血流通,桃花人面;先到先等,不见不散。"通透诙谐,仿佛谕示,直觉已预知死神之接近。周公敏感细腻、静默寡言,不止一次告诉我:"善说不如善听。"他是我的另一位父亲。

(二)不负如来不负卿

周公一生写诗,却嗜读历代笔记、志怪小说,举凡《山海经》《搜神记》《太平广记》《今古奇观》《聊斋志异》和《阅微草堂笔记》,皆一一圈点,韦编三绝。泪尽而继之以血的百二十回《石头记》,更是寝馈其中数十年,深情钩稽玄旨,札记辑成《不负如来不负卿》。周公记忆力超强,佛门公案、历史掌故,以及往来师友如陈庭诗、纪弦、覃子豪、余光中、商禽、管管、痖弦等之风雅趣闻,总是如数家珍,娓娓动听。周公从不疾言厉色、不讥诮批评,亦不盲目吹捧、不作违心谬誉,只有真心感激与赞叹:"我早期的现代诗习作,受余光中先生影响相当大。他每每能指出我诗中的某些缺点,因他对中英文学理论懂得最多,兼又吐属优雅,有时一言半语,都能令人疑雾顿开,终身受用不尽。"盛夸痖弦、郑愁予文思敏捷,诗才天赋;激赏纪弦朗读《狼之独步》,英姿飒爽,颇有独立苍茫之概;称美商禽诗耐人寻味,风格"清冷"。

周公身上穿戴的衣物,全都来自友人接济。冬天裹着一袭棕灰色大衣(出镜《化城再来人》),乃书法家杜忠诰出借;头顶红色毛帽,来自诗人陈育虹亲手织就;御寒的蚕丝被,是其住淡水期间我送去的。周公安于清贫,将欲望降到最低,以至于什么都不要，视钱财为身外物。因此，在获得"台湾文化艺术基金会文学类奖"等奖项时，快速捐出奖金；不忮不求不与人争，对于世俗荣誉、头衔等名利，避之唯恐不及。《他们在岛屿写作》摄制组邀请周公拍摄文学纪录片，他自忖无法胜任，不愿"惹是生非"，再三婉拒。好不容易答应了，则自我要求务必把它做到最好。一年内，接通告、赶现场，任凭导演"摆布"，甚至全裸入镜。周公重然诺，且有求必应。写字送人，一律裱褙完好，亲自交付对方；赠书题词，为求切合人事实情，而又意义深刻，每每字斟句酌，苦于推敲。2009年，《周梦蝶诗文集》出版，索书者纷至沓来。好长一段时间，周公闷闷不乐，只因有太多的"文字债"（待题签的书层层叠叠）。

周公自认是愚人、苦人、无能的罪人；自比蜗牛、思齐萤火。[①]写诗如蜗牛缓慢，一首诗琢磨经年累月，属稀松平常事，即

[①] 集中歌咏蜗牛或涉及者共十首：《蜗牛》《匕首》《雾》《无题》《晚安！小玛丽》《漫成三十三行》《除夜衡阳路雨中候车久不至》《于桂林街购得大衣一领重五公斤》《蜗牛与武侯祠》《走总有到的时候——以顾昔处说等仄声字为韵咏蜗牛》。诗写萤火虫共七首：《萤》《关着的夜》《泽畔乍见萤火》《断魂记——五月二十八日桃园大溪竹篙厝访友不遇》《善哉十行》《果尔十四行》《四句偈》。

便在五六十年代正值创作巅峰，平均月出不及两篇，七十年代以后，年产量少者仅得一二，多亦不过十篇。吃饭更是细嚼慢咽，认为这样才知米粒滋味，才懂得感恩。蜗居陋屋，仅拥一床一桌一灯一架书，便虔诚感戴造化恩典，更不用说有咖啡可喝，还能加糖四至六包，以及偶尔得一杯白酒佐食，就喜滋滋觉得过分奢侈了。钟爱画家陈庭诗刻赠方章"一毛毛虫耳"，意思是："我，一只毛毛虫而已。"周公说，相信一只萤火虫，可以"将世界从黑海里捞起"；一只毛毛虫，自有其存在的意义。从容历尽娑婆，天地间缺憾与悲哀，一一消解于诗中。一页页传奇，究竟不负如来不负卿。

二、秩序生长五阶段

诗是生活的全部，也是存在的依据。周梦蝶借着哲人似的苦思冥想，撑持诗人的百般孤独，在入世与出世之间徘徊；时时有浪漫的需要，又不断地以理性降伏压制，结穴于近400首诗中，宛如一片幽香，氤氲在时间之流，成为华文诗坛一座界碑、一块瑰宝。诗作主题涵盖"爱情的沧海、遥远的思慕、死亡的观照、灵肉与圣凡、刹那与永恒、禅意与悟境"；诗思充满承担负荷之疲惫，复弥漫澄净超脱之清凉。然则，诗意地栖居市廛，企慕幽远，有出尘余裕趣味，独获陶、谢以至唐宋隐逸一瓣心香；以及探勘人性幽微，穷究生命潜流，直面死亡，从容超越，允为最大特色。读之，总有"一洗人间万事非"（苏轼《和子由四首·送春》）的舒适畅快感，净化、澄明，还能扩大。诗集《孤独国》《还魂草》《十三朵白菊花》《约会》《有一种鸟或人》，先后顺序①恰恰吻合风格发展/转折：从孤绝冷凝归于淡雅真醇，同时，在佛禅哲思流动之中，见其内在秩序之生长变化。

---

① 归纳各诗集收录作品年代：《孤独国》为1953—1959年；《还魂草》为1959—1965年；《十三朵白菊花》为1967—1989年，唯《胡桃树下的过客》（1962年）例外；《约会》为1990—1999年，有《"怪谈"剪影四事》（1968年）、《野菊之墓——日影片扫描二首之一》（1983年）、《远山的呼唤——日影片扫描二首之二》（1984年）、《淡水河侧的落日——纪二月一日淡水之行并柬林翠华与杨景德》（1985年）、《冬之暝——书莫内风景卡后谢答赵桥》（1987年）、《读K先生摄影有所思二题》（1988年）等6首例外；《有一种鸟或人》为2001—2009年。另外，《风耳楼逸稿》计52题62首，分属《孤独国》时期42首、《还魂草》时期17首，以及《十三朵白菊花》时期3首：《走在雨中》（1971年）、《秋兴》（1974年）和《蜗牛与武侯椰》（1987年）。

(一)冥想之河：冬天里的春天

二十世纪五十年代伊始，周梦蝶如蜗牛扬起沉默忐忑的触角，"一分一寸忍耐的向前挪走"（《蜗牛》），咀嚼生命的浓黑，同时开启了温暖想象。《孤独国》时期，诗人刻意与外界隔绝，瑟缩于角落一隅，冷肃探看身里身外，深情入于物而悲己悲天。《川端桥夜坐》《寂寞》《石头人语》《北极星》《司阍者》《独语》《晚安，刹那》《上了锁的一夜》等等，多直叙内在生命经验，题材不够开阔，语言倾向概念化。寂寞慨叹充溢字里行间，却也弥漫一种静谧之美。

首先，揭示爱情的魅惑与不可思议。深知世间冷暖万端皆肇因于情，人则因妄想执着而陷溺苦境，往往孤注一掷、义无反顾，泪尽血流尚不能跳离，《索》《畸恋四首》《钥匙三首》及诸多《无题》诗，在在印证爱情是"一切无可奈何中最无可奈何的"。在爱情中，"我想把世界缩成 / 一朵菊花或一枚橄榄"（《匕首》），何况是渺小的自己，不断地缩小再缩小，直到成零、成空、成无。其次，哀悼时间迁逝，引发负重牺牲之宗教情怀："湿漉漉的昨日啊！去吧，去吧 / 我以满钵冷冷的悲悯为你们送行 // 我是沙漠与骆驼底化身 / 我袒卧着,让寂寞／以无极远无穷高负抱我;让我底跫音／沉默地开黑花于我底胸脯上"(《行者日记》)。《让》《在路上》《冬至》《乌鸦》等皆然。再次,孤独跋涉实难人生,向无尽远处行去:"我有踏破洪荒、顾盼无俦恐龙的喜悦。"(《第一班车》)不断地追寻:

> 生命——
> 所有的,都在觅寻自己
> 觅寻已失落,或掘发点醒更多的自己……(《默契》)

并想象时间之外的自足天地,挖掘"此在"意义:"永恒——／刹那间凝驻于'现在'的一点;／地球小如鸽卵,我轻轻地将它拾起／纳入胸怀。"(《刹那》)在纯主观意识之下,空间可以无限扩大、缩小,所以芥子能纳须弥山;时间不再但见其逝,而是驻足于刹那一闪的现在。类似诗篇尚有《现在》《一月》《孤独国》,尤其如下诗行,堪称经典:

> 过去伫足不去,未来不来
> 我是"现在"的臣仆,也是帝皇。(《孤独国》)

直接与上帝交流对话,在玄秘经验中,解悟永恒。诗人枕雪高卧,编织着春天的梦,"梦里／铁树开花了"(《冬天里的春天》),宁静垂钓美而广的独乐王国。

(二)情／欲变形:唯其不如此,所以如此

周梦蝶渴欲解消困顿、逃脱俗缘,却又多情地手指红尘、涉足人间。《还魂草》浮雕万般情、智、爱、欲,挖掘迷困缠陷的深渊、剥开人性的阴暗和脆弱,并呼告无能丧灭情意的无奈。

《红与黑》一辑,全以"月份"为题,或抒理念、向往,或写寂寥、鬼魅,彷徨于情、理、定、乱之间,不知何去何从。《二月》写缠绵宿缘,《十三月》为死灵魂之独白。《六月》《六月之外》等作,有灵的冲突、欲的诱惑与可买办的爱情:

据说蛇底血脉是没有年龄的!
纵使你铸永夜为秋,永夜为冬
纵使黑暗挖去自己底眼睛……
蛇知道:它仍能自水里喊出火底消息。(《六月》)

《焚麝十九首》试图埋葬各种"柏拉图式"的浪漫故事，愿一切从不曾发生。诗人说："爱情本身带有悲剧性——追不到它，很悲惨；追到了，更悲惨——那是幻想的破灭，是厌倦。"理性认知能忘情真是好的，无奈爱情与时间并生，甚至早于浑沌、无始，如何能忘？《囚》抒发弥天漫地而令人骨折心惊的悲情，超越时空幽冥："那时我将寻访你／断翅而怯生的一羽蝴蝶／在红白掩映的泪香里／以熟悉的触抚将隔世诉说……"，延伸出旷古以来生死悬隔的渺渺与创痛，"梅雪都回到冬天去了／千山外，一轮斜月孤明／谁是相识而犹未诞生的那再来的人呢？"痴绝亦复悲绝。

《七指》对人性作多方面可能的探测和掘发，从中抽绎出几项"或然""必然"和"超然"的纲目。《菩提树下》《山》《行到水穷处》，分别照应大指、中指、小指；《豹》象征情欲，"你把眼睛埋在宿草里了／这儿是荒原——"作为开端，暗示诗人的自我逃避。末二节见其矛盾挣扎和力求拔脱之难：

雪在高处亮着
五月的梅花在你愁边点燃着——
由卢骚街到康德里

再由鸡足山直趋信天翁酒店

琵琶湖上，不闻琵琶

胭脂井中，惟有鬼哭……

终于，终于你把眼睛

埋在宿草里了

当跳月的鼓声喧沸着夜。

"什么风也不能动摇我了"

你说。虽然夜夜夜心有天花散落

枕着贝壳，你依然能听见海啸。

《还魂草》中有不少诗篇进行对禅思的捕捉与宣示，借以得到抚慰，得到一份支持与解脱。《摆渡船上》精微高妙似禅偈；《闻钟》尘虑皆忘；《菩提树下》趺坐悟识。由托钵、燃灯、摆渡到舍筏登岸，挺立孤峰之巅，与自然交感，托化为灯："看峰之下，之上之前之左右 / 簇拥着一片灯海 —— 每盏灯里有你。"（《孤峰顶上》）这种孤危的欣喜，颠扑不破，真实无瑕。

诗人抱持"服役于痛苦"的勇气，"将事实之必不可能者，点化为想象中之可能"。征服生命悲苦，转化入世沉哀，诗乃成为理想隐喻。诗中诸多绮丽情事、美好幻境，殆为想象的扩张与现实苦闷的变形和突围。

（三）冷香兀自袭人

人瘦、语瘦、境亦瘦，周诗一向予人"思致清苦"印象。《十三朵白菊花》延续《还魂草》冷凝色调，唯在取材及表现上，渐趋轻松、生活化。诗人尝试从边陲走进"里面"，寝食人间烟火，感爱参差因缘，又能渐次脱却其中，言禅思、谈哲理渐褪凝滞板重，不再蹙眉愁容。

周梦蝶趺坐胭脂涨腻、莺燕熙攘的台北街头数十年，不迷航不陷落，既知感情的十字架太重，背不动也不愿成为别人的负重，更借助佛咒梵唱和山水清音断离喧嚣、荡涤浊秽："从此你便常常 / 到断崖上，落照边 / 去独坐。任万红千紫将你的背景举向三十三天 / 而你依然 / 霜杀后倒垂的橘柚似的 / 坚持着：不再开花"（《无题》）。

数字"十三"，象征美丽与哀愁，成灰与欲仙，周梦蝶偏爱之。诗题有《十三月》（两首）、《吹剑录十三则》和《十三朵白菊花》；见于诗句中者，以反复咏唱"老天的幺女 / 小于梅花十三岁的弱妹"的《细雪之三》为代表:"永远坚持拒绝长大/十三岁。一生下来就十三岁/而今眼看十三个十万光年都过去了/你,依旧是十三岁"。《十三朵白菊花》开始震栗于萧萧的诀别,终归于感爱大化赐予,体现佛家轮回观;《灵山印象》解悟"拈花微笑",妙在灵犀交通、会心感应;《空杯》衍释无我无别、苦空无常。《好雪!片片不落别处》为"无不从此法界流,无不还归此法界"(《华严经》)作注。造语纯净,意境透彻玲珑。且读末节:

"风不识字,摧花折木。"
春色是关不住的——
听!万岭上有松
松上是惊涛;看!是处是草
草上有远古哭过也笑过的雨痕

穷究宇宙终始,万象本自清净;万法无中生有,复返归于无形——且听那松涛漾漾,看那草色青青。

此外,《九宫鸟的早晨》鸟儿嘹亮地一叫,灰鸽子、小蝴蝶、小姑娘及小花猫登台同演,兴会淋漓,"于是,世界就全在这里了";《老妇人与早梅》车上偶遇老妇，姿容恬静，额端刺青作新月样，手捧红梅一段，竟而驰想其十六七岁模样，惊呼"春色无所不在"。还有《于桂林街购得大衣一领重五公斤》感受一暖一切暖，幸福奇缘的此刻，"欲灰未灰的我／笑与泪，乃鱼水一般地相煦相忘起来"；《蓝蝴蝶》的自觉自足；《疤——咏竹》的知己咏怀；《两个红胸鸟》的不期而遇，寒暄晴雨："赏心岂在多，一个说：／拈得一茎野菊／所有的秋色都全在这里了"。蕴涵幽静气息，散发出菊花般的淡雅冷香。

（四）人生独特解会

周梦蝶隐逸之思深植在《孤独国》中，滋长于《七月》：追随绝欲遗世、自觉独善者流，同庄周遨游大化、梭罗回归自然。以及《九月》要"访问南山"，啜饮东篱"浓浓冷香"，日常之景与悠然之情，令人无比向往。摘录末节如下：

> 当岁之余。当日之余。当晴之余
> 便伴着一身轻，到山海经里
> 无弦琴边……和大化，或自己密谈去！

>有时也向迟归的云问桃花源底消息
>
>而昏鸦聒噪着，投入暝暝的深林里了……

点染一幅躬耕山林、俯仰自得的图画，允为现代版《归园田居》。结尾二句，脱胎王维诗"君问穷通理，渔歌入浦深"（《酬张少府》），正是"此中有真意，欲辨已忘言"之境。

静心心空，自然处处可归可隐。《约会》里的《七月四日》一诗，宜视作归隐宣言。从"孤独国"而"华尔腾湖畔小木屋"而"陶隐居眼底"，九十年代后再度出现的"小木屋"，已成黄蜂、飞燕、白鸽、草叶等旧相识与我所共有。我每天自清凉的薄荷草香里醒来，以湖水以鱼肚白洗耳洗眼：

>受惊若宠。至少有一次：
>
>天开了！在某个琥珀色的傍晚
>
>当我扶着锄头在荳畦间小憩——
>
>一只紫燕和一只白鸽飞来
>
>翩翩，分踞于我的双肩。

小木屋命名"七月四日"，当为"自由平等"独立建国之转喻。在这里，物我亲密交融，充满着友爱与神遇。

周梦蝶看似孤清寂寥的生命，实则无比热闹缤纷，不仅有生物的积极参与，落叶冰雪、暖风寒月或流水硬石，也都有情有觉。所以，每日傍晚可以与永远"先我一步到达"的桥墩促膝密谈，总是从"泉从几时冷起，峰从何处飞来"聊起。清音难得，会心不远，竟而飙愿："至少至少也要先他一步 / 到达 / 约会的地点"（《约会》）。诗人以旷达心胸，欣然迎纳客观自然，观瀑、听泉、咏雀、赞蜗牛、颂飞鸟，惜落日、赋弦月，写竹、早梅、昙花、荆棘花、牵牛花、野姜花……咏物写景诗遂成大宗。如《淡水河侧的落日》惊艳于霞光幻变，托情寓理；《咏雀五帖》好似庄、惠濠上之辩：麻雀拥有"小自在的天下"？或抱憾"唯美而诗意的最后一笔"？恐怕"那芳烈，那不足为外人道的彻骨"，只有它清楚。

周梦蝶频频约会桥墩，和风雨彼此鉴赏，与麻雀印成知己。经常寂然凝虑，神游物外，浮想联翩：乍见白鹭鸶伫立水牛背上，顾盼自若，水牛浑若不觉，默默吃草，痴想为文殊、普贤二大士游戏人间，现身说法（《四行》）；偶获一方竹枕，枕上有蝴蝶图案，制作者且巧与影歌双栖女星松田圣子同名，自此耳存目想，心生无限悦乐（《竹枕》）。唯有怀抱萧条淡泊、闲和严静的心襟气象，才能臻于"事外远致"之境。如此深情观照人生，独特解会汩汩泉涌，既是生活形态，也是一种艺术境界。

（五）我选择不选择

新世纪以降，周梦蝶有如古刹老僧，云淡风清，唯独诗心不枯不竭，偶一出手，就是"风骚啊！一波比一波高！"（《泼墨》）至情至性，而有至味。《有一种鸟或人》多"拟""仿""戏拟""试为"之篇，又有《李白与狗》《有一种鸟或人》《沙发椅子——戏答拐仙高子飞兄问诸法皆空》，戏谑调侃显于题，率真潇洒、淡看甚至懒看的智慧，则藏乎其内。纵横自在，不拘规格。

《偶而》正反辩证，无理而妙。生活中种种"偶而"，往往在意料之外，或叫人欣喜雀跃，或令人无福消受。诗人即便左右为难，依然喃喃"生活中不能没有偶而"。《四月》以诗代简。先述日常近况：习字、写诗、饮酒、做梦具"衰"矣；翻而喜不自胜：短短两行，三呼"四月"，只因愚人节、儿童节、佛诞日、泼水节填满了"我的季节"。彻底颠覆艾略特长诗《荒原》开头名句"四月是最残忍的季节"，梦蝶真是"无可救药的乐观主义者"。《止酒二十行》不但调笑陶公、高调附和诗仙，更引酒徒刘伶狂言，称"酒有九十九失而无一好"乃"妇人之言"，不足采信。周梦蝶乐与古来饮者声气相通，虽不似渊明造饮辄尽、期在必醉，却颇有李白"杯莫停"之飒爽酒兴。诗中或幽默自嘲，或自宽自解，一派轻松自在。

《沙发椅子 —— 戏答拐仙高子飞兄问诸法皆空》以具体物件诠释玄奥佛理，信手拈来、素心之语，直指佛法"真空妙有"义谛。拆解"沙发"一词：沙是沙非沙，众缘聚散离合，一发便不可收拾；"诸有"唯心造，一旦起心动念便千丝万缕，如"无量恒河沙数"（拟诸"法"）。三、四节，拈举世间令名、绝色与智慧，指出妩媚或不妩媚，都只是一个"名字"（隐喻"空"）。要之，"沙发椅子"是名字、是法也是空。抑作另类解读①，始知"戏答"不易，而诗人佛学造诣深不可测。

---

① 大悲咒梵语为"sarva raviye"（或"sarva rabhaye"）音译为"萨嚩啰罚曳"，意思是"自在的圣者"，又可称为"一切尊者"或"自在尊者"。"sarva"发音近似"沙发"，"ye"发音近似"椅"。佛教西方三圣：阿弥陀佛，梵名"Amitābha"，音译为"阿弥达巴"，取"A""I""TA"，改为亚历山大；观世音菩萨，梵名"Avalokiteśvara Bodhisattva"，音译为"阿缚卢枳低湿伐罗"，取"BO""DHI"，改为碧姬芭杜；大势至菩萨，梵名"Mahāsthāma-prāpta"，音译为"摩诃那钵"，取"MA""HAS""MA""TA"，改为穆罕默德。

压卷作《善哉十行》诗句:"你说 / 你心里有绿色 / 出门便是草。"善哉善哉!心中有佛,所见皆佛。诠解"心生,种种法生",正与上作一、二节互相发明。

周梦蝶借诗传达真理哲思,笔触灵动,丝毫不见费力。如《无题》写天地运行,乾坤变 / 不变的恒常。诗云:

> 每一滴雨,都滴在它
> 本来想要滴的所在;
> 而每一朵花都开在
> 它本来想要开的枝头上。
>
> 谁说偶然与必然,突然与当然
> 多边而不相等?
> (中略)
> 鹅鸭依旧坚持生生世世划水,而蜻蜓
> 只习惯于不经意之一掠

雨滴、花开各得其所在,鹅鸭划水、蜻蜓一掠各安其性情,再自然不过了。其次,大道平等:"岁月从不着意薄待或厚待谁谁"(《十四行 —— 再致关云》),时间,绝不偏私。近百行组诗《静夜闻落叶声有所思十则 —— 咏时间》,揭示本质,看破奥秘,哀感其巨大虚妄,同时了悟苦空无常。俨然生命的一遍遍省思、瞻望:"寒岩下。无量劫来一直在花雨中/垂垂入定的尊者说:/老衲连看也懒!"(之十)直到最后最后,一切成空,还有什么好争竞的?尊者了然,故能如如不动。

"再也没有流浪/可以天涯了。"(《赋格》)天涯、流浪主客异位,正有天涯即归处,心安是吾乡的况味。晚年周梦蝶虚静无为、物我两忘;面对生灭轮回,各种偶然、必然,总能堂皇自嘲、淡然处之。诗心澄澈空灵,哲思理趣不择地而出,诗情益深,诗味更永。《我选择》,共33行,较辛波丝卡《种种可能》(31种)多出最后两行:"我选择最后一人成究竟觉/我选择不选择。"诗人尝说泥中莲、雪中莲之外,尚有所谓"火中莲"者 —— 具大慈悲大方便大坚毅,将乘愿再来。此所以全诗仅倒数第二个选择"究竟觉"没有句号。

周梦蝶以诗说法,诗是其霜雪淬砺的生命滋味。《孤独国》表现"宁静孤绝"之美;《还魂草》透显"苦情雕饰"之特征;《十三朵白菊花》散发幽静、闲旷乃至萧瑟之"清趣";《约会》悠然洒脱,摇曳空灵清凉之"禅趣";《有一种鸟或人》则繁复归于简约,诗心回返本然纯净,流露率真之"谐趣"。前两阶段以心力为诗,抒情凝重,且刻意造境,呈现孤绝冷凝、思致清苦的风貌;后三阶段因对佛理渐有明晰之颖悟,对人生世相练达透彻,已然安时处顺、随缘放旷,故能执简驭繁,境随笔生。诗坛孤峰别流,创造莹洁无瑕、淡雅真醇的风骚典律,既承继传统悠闲情境,续写中国文学新页,对于当代禅诗,兼具启示之功与廓清之效。

人民文学出版社隆重推出《周梦蝶诗全集》,对于两岸所有喜爱现代诗的人来说,具有重大意义。《周梦蝶诗全集》简体版得以付梓,首先,感谢全保民、李义洲、张海香三位有高敏感度又负责任的优秀编辑。他们懂得欣赏周公作品,推崇周公人格精神。本书责编与编者反复斟酌整体卷次规划,力求能建构出诗人创作的脉络轨迹;编校过程中尽量保留诗人的原稿面貌,并在必要处添加注释,力求准确、妥当。其次,感谢周晓苹女士倾力付出,迅速解决大小事,使得合作过程愉快而圆满。若非她的无私,大陆读者要接触周公全部诗作,恐怕是遥遥无期。总之,《周梦蝶诗全集》顺利诞生了,十年等待,值得。祈愿不久的将来,推出尺牍集、札记集,让《周梦蝶全集》(简体中文版)完整存在于天地之间。

孤独国

以诗的悲哀征服生命的悲哀。

——奈都夫人

让

让软香轻红嫁与春水,
让蝴蝶死吻夏日最后一瓣玫瑰,
让秋菊之冷艳与清愁
酌满诗人咄咄之空杯;

让风雪归我,孤寂归我
如果我必须冥灭,或发光 ——
我宁愿为圣坛一蕊烛花
或遥夜盈盈一闪星泪。

索

是谁在古老的虚无里
撒下第一把情种?

从此,这本来是
只有"冥漠的绝对"的地壳
便给鹃鸟的红泪爬满了。

想起无数无数的罗蜜欧与朱丽叶
想起十字架上血淋淋的耶稣
想起给无常扭断了的一切微笑……

我欲搏所有有情为一大浑沌
索曼陀罗花浩瀚的瞑默,向无始!

祷

上帝呀！我求你

借给我你智慧的尖刀！

让我把自己 ——

把我的骨，我的肉，我的心……

分分寸寸地断割

分赠给人间所有我爱和爱我的。

不，我永无吝惜，悔怨 ——

这些本来都不是我的！

这些本来都是你为爱而酿造的！

—— 现在是该我"行动"的时候了，

我是一瓶渴欲流入

每颗腼腆地私语着期待的心儿里的樱汁。

云

永远是这样无可奈何地悬浮着,
我的忧郁是人们所不懂的。

羡我舒卷之自如么?
我却缠裹着既不得不解脱
而又解脱不得的紫色的镣铐;
满怀曾经沧海掬不尽的忧患,
满眼恨不能沾匀众生苦渴的如血的泪雨,
多少踏破智慧之海空
不曾拾得半个贝壳的渔人的梦,
多少愈往高处远处扑寻
而青鸟的影迹却更高更远的猎人的梦,
尤其,我没有家,没有母亲

我不知道我昨日的根托生在哪里

而明天 —— 最后的今天 —— 我又将向何处沉埋……

我的忧郁是人们所不懂的!

羡我舒卷之自如么?

雾

从一枕黑甜的沉溺里跳出来,
湿冷劈头与我撞个满怀 ——

回教女郎的面纱深深掩罩着大地,
冥蒙里依稀可闻蜗牛的喘息;

夸父哭了,羲和的鞭子泥醉着
眈眈的后羿的虹弓也愀然黯了颜色;

而向日葵依旧在凝神翘望,向东方!
看有否金色的车尘自扶桑树顶闪闪涌起;

小草欠伸着,惺忪的睫毛包孕着笑意:

它在寻味刚由那儿过来的骑幻的梦境

它梦见它在葡萄酒的紫色海里吞吐驰骤
它是一头寡独、奇谲而桀骜的神鲸……

当阳光如金蝴蝶纷纷扑上我襟袖,
若不是我湿冷褴褛的影子浇醒我

我几乎以为我就是盘古
第一次拨开浑沌的眼睛。

有赠

我的心忍不住要挂牵你 ——
你,危立于冷冻里的红梅!

为什么? 你这般迟迟泄漏你的美?
你把你艳如雪霜的影子抱得好死!

梅农的雕像轻轻吟唱着,
北极星的微笑给米修士盗走了……

雪花怒开,严寒如喜鹊窜入你襟袂
噫,你枕上沉思的缪司醒未?

徘徊

一切都将成为灰烬,
而灰烬又孕育着一切 ——

樱桃红了,
芭蕉忧郁着。

祂不容许你长远的红呢!
祂不容许你长远的忧郁呢!

"上帝呀,无名的精灵呀!
那么容许我永远不红不好么?"

然而樱桃依然红着,

芭蕉依然忧郁着,
——第几次呢?

我在红与忧郁之间徘徊着。

除夕

一九五八年,我的影子,我的前妻
投了我长长的恻酸的一瞥,瞑目去了……

但愿"新人"不再重描伊的旧鞋样!
她该有她自己的 —— 无帮儿无底儿的;

而且,行动起来虽不一定要步步扬起香尘 ——
你总不能教波特莱尔的狗的主人绝望地再哭第二次。

现在

又踅过去了!
连瞥一眼我都没有;
我只隐隐约约听得
他那种踌躇满志幽独而坚冷的脚步声。

"已没有一分一寸的余暇
容许你挪动'等待'了!
你将走向哪里去呢?
成熟? 腐灭? ……"

这声音沉默地撞击着我如雪浪
我边打着寒噤,边问自己:
我究曾让他蚕蚀了我生命多少?!

慈仁而又冷酷

慷慨而又悭吝……

他是我的孪生兄弟呢。

寂寞

寂寞蹑手蹑脚地

尾着黄昏

悄悄打我背后裹来,裹来

缺月孤悬天中

又返照于荇藻交横的溪底

溪面如镜晶澈

只偶尔有几瓣白云冉冉

几点飞鸟轻噪着渡影掠水过……

我趺坐着

看了看岸上的我自己

再看看投映在水里的

醒然一笑

把一根断枯的柳枝

在没一丝破绽的水面上

着意点画着"人"字——

一个,两个,三个……

冬至

流浪得太久太久了,

琴,剑和贞洁都沾满尘沙。

鸦背上的黄昏愈冷愈沉重了,

怎么还不出来?烛照我归路的孤星洁月!

一叶血的遗书自枫树指梢滑坠,

荒原上造化小儿正以野火燎秋风的虎须……

"最后"快烧上你的眉头了!回去回去,

小心守护它:你的影子是你的。

乌鸦

哽咽而怆恻,时间的乌鸦鸣号着:
"人啊,聪明而蠢愚的啊!
我死去了,你悼恋我;
当我偎依在你身旁时,却又不睬理我 ——
你的瞳彩晶灿如月镜,
唉,却是盲黑的!
盲黑得更甚于我的断尾……"

时间的乌鸦鸣号着,哽咽而怆恻!
我搂着死亡在世界末夜跳忏悔舞的盲黑的心
刹那间,给斑斑啄红了。

晚虹

当晚虹倩笑着

以盛妆如新嫁娘的仪采出现的时候 ——

一身血一身汗一身泥的劳人,

以为它是一张神弓

想搭在它的弓弦上如一支箭

轻飘飘地投射到天堂的清凉里去;

给太多的空闲绞得面色惨青

可怜的上帝! 常常悄悄悄悄地

从天堂的楼口溜下来

在它绚灿的光影背后小立片刻 ——

只为一看太阳下班时暖红的笑脸,

只为一嗅下界飞沙与烟火氤氲的香气,

只为一吻顶满天醉云归去的农女的斗笠

和一听特别快车趋近解脱边缘时洒落的尖笑……

乘除

一株草顶一颗露珠
一瓣花分一片阳光
聪明的,记否一年只有一次春天?
草冻、霜枯、花冥、月谢
每一胎圆好里总有缺陷孪生寄藏!

上帝给兀鹰以铁翼、锐爪、钩吻、深目
给常春藤以袅娜、缠绵与执拗
给太阳一盏无尽灯
给蝇蛆蚤虱以绳绳的接力者
给山磊落、云奥奇、雷刚果、蝴蝶温馨与哀愁……

默 契

生命 ——
所有的,都在觅寻自己
觅寻已失落,或掘发点醒更多的自己……

每一闪蝴蝶都是罗蜜欧痴爱的化身,
而每一朵花无非朱丽叶哀艳的投影;
当二者一旦猝然地相遇,
便醉梦般浓得化不开地投入你和我,我和你。

而当兀鹰瞵视着纵横叱咤的风暴时
当白雷克于千万亿粒沙里游览着千万亿新世界
当惠特曼在每一叶露草上吟读着爱与神奇
当世尊指间的曼陀罗照亮迦叶尊者的微笑
当北极星枕着寂寞,石头说他们也常常梦见我……

错失

十字架上耶稣的泪血凝冻了,
我理智的金刚宝剑犹沉沉地在打盹;
谁说人是最最灵慧而强毅的?
竟抗抵不了"媚惑"甜软的缠陷的眼睛。

你说,也许有一天你会怀孕
(你将炼铸一串串晶莹丰圆的紫葡萄出来)
是的,也许有一天荆棘会开花
而一夜之间,维纳丝的瞎眼亮了……

谁晓得!上帝会怎样想?
万一真真有那么一天,很不幸的
我担忧着:我仿佛烛见一座深深深深钻埋着的生之墓门
面对着它,错失哭了;握在真理手中的钥匙也哭了。

菱角

偎抱着十二月的严寒与酷热
你们睡得好稳、好甜啊
你们,这群爱做白日梦的
你们,翅膀尖上永远挂着微笑的

一只只手的贪婪,将抓走多少
　　　　　　　　天真?
热雾袅绕,这儿
正有人在蒸煮、贩卖蝙蝠的尸体!

一袭袭铁的紫外套,被斩落
一双双黑天使的翅膀,被斩落
一瓣瓣白日梦,一弯弯笑影……

上帝啊,你曾否赋予达尔文以眼泪?

孤独国

昨夜,我又梦见我

赤裸裸地跌坐在负雪的山峰上。

这里的气候黏在冬天与春天的接口处

(这里的雪是温柔如天鹅绒的)

这里没有嘞骚的市声

只有时间嚼着时间的反刍的微响

这里没有眼镜蛇、猫头鹰与人面兽

只有曼陀罗花、橄榄树和玉蝴蝶

这里没有文字、经纬、千手千眼佛

触处是一团浑浑莽莽沉默的吞吐的力

这里白昼幽阒窈窕如夜

夜比白昼更绮丽、丰实、光灿

而这里的寒冷如酒,封藏着诗和美

甚至虚空也懂手谈,邀来满天忘言的繁星……

过去伫足不去,未来不来

我是"现在"的臣仆,也是帝皇。

在路上

这条路好短,而又好长啊
我已不止一次地,走了不知多少千千万万年了
黑色的尘土覆埋我,而又
粥粥鞠养着我
我用泪铸成我的笑
又将笑洒在路旁的荆刺上

会不会奇迹地孕结出兰瓣一两蕊?
迢遥的地平线沉睡着
这条路是一串永远数不完的又甜又涩的念珠

行者日记

昨日啊
曾给罗亭、哈姆雷特底幽灵浸透了的
湿漉漉的昨日啊! 去吧, 去吧
我以满钵冷冷的悲悯为你们送行

我是沙漠与骆驼底化身
我袒卧着, 让寂寞
以无极远无穷高负抱我; 让我底跫音
沉默地开黑花于我底胸脯上

黑花追踪我, 以微笑底忧郁
未来诱引我, 以空白底神秘
空白无尽, 我底忧郁亦无尽……

天黑了！死亡斟给我一杯葡萄酒
我在峨默疯狂而清醒的瞳孔里
照见永恒，照见隐在永恒背后我底名姓

附注： 峨默·开阳（Omar Khayyam），波斯诗人，《鲁拜集》作者，有"遗身愿裹葡萄叶，死化寒灰带酒香"之句。

第一班车

乘坐着平地一声雷
朝款摆在无尽远处的地平线
无可奈何的美丽,不可抗拒的吸引迸发。

三百六十五个二十四小时,好长的夜!
我的灵感的猎犬给囚锢得浑身痒痒的
渴热得像触嗅到火药的烈酒的亚力山大。

大地蛰睡着,太阳宿醉未醒
看物色空蒙,风影绰约掠窗而过
我有踏破洪荒、顾盼无俦恐龙的喜悦。

而我的轨迹,与我的跫音一般幽复寥独

我无暇返顾,也不需要休歇
狂想、寂寞,是我唯一的裹粮、喝采!

不,也许那比我起得更早的
启明星,会以超特的友爱的关注
照亮我"为追寻而追寻"的追寻;

而在星光绚缦的崦嵫山下,我想
亚波罗与达奥尼苏司正等待着
为我洗尘,为庄严的美的最后的狩猎祝饮……

哦,请勿嗤笑我眼是爱罗先珂,脚是拜伦
更不必絮絮为我宣讲后羿的痴愚
夸父的狂妄、和奇惨的阿哈布与白鲸的命运

因为,我比你更知道 —— 谁不知道?
在地平线之外,更有地平线
更有地平线,更在地平线之外之外……

川端桥夜坐

浑凝而囫囵的静寂
给桥上来往如织剧喘急吼着的车群撞烂了

而桥下的水波依然流转得很稳平 ——
(时间之神微笑着,正按着双桨随流荡漾开去
他全身墨黑,我辨认不清他的面目
隔岸星火寥落,仿佛是他哀倦讽刺的眼睛)

"什么是我?
什么是差别,我与这桥下的浮沫?"

"某年月日某某曾披戴一天风露于此悄然独坐"
哦,谁能作证?除却这无言的桥水?

而桥有一天会倾拆

水流悠悠,后者从不理会前者的幽咽……

一九五八年四月一日

冬天里的春天

用橄榄色的困穷铸成个铁门闩儿,
于是春天只好在门外哭泣了。

雪落着,清明的寒光飘闪着;
泪冻藏了,笑蛰睡了
而铁树般植立于石壁深深处主人的影子
却给芳烈的冬天的陈酒饮得酩醉!

今夜,奇丽莽扎罗最高的峰巅雪深多少?
有否须髭奋张的锦豹在那儿瞻顾跨踏枕雪高卧?

雪落着,清明的寒光盈盈戡入
石壁深深处铁树般影子的深深里去;

影子酩酊着,冷飕飕地酿织着梦,梦里

铁树开花了,开在瞑目含笑锦豹的额头上。

上了锁的一夜

我微睨了一眼那铁锁
神色愠郁厌闷,瞑垂着眼睛

我再仔细揣摸一回我的脊椎
瘦棱棱的,硬直直的……擎持着我

跟昨夜一样——昨夜!梦幻的昨夜啊
我依稀犹能闻得缠留在我耳畔你茉莉的鬓香

听,楼下十字街心车群的喧笑声!如此
甜酣闹热,如此亲切而又辽远,熟稔而陌生

噫,是什么?在一分一寸地脔割着我?

我仿佛扁窄了一些什么,而又沉重了一些什么

哦,冷!怪诞兀突而颠顿的冷
这墙壁、这灯影、这拥裹着我的厚沉沉的棉絮……

不,用不着挂牵有没有谁挂牵你
你没有亲人,虽然寂寞偶尔也一来访问你

不,明天太阳仍将出来,你的记忆将给烘干
你不妨对别人说"昨夜?哦,我打猎去啦……"

我再睨一眼那铁锁
鼾声如缕:闷厌已沉淀,解脱正飘浮

而我的影子却兀自满眼惶惑地审视着我:
"你是谁?你叫什么名字?"

刹那

当我一闪地震栗于
我是在爱着什么时,
我觉得我的心
如垂天的鹏翼
在向外猛力地扩张又扩张……

永恒 ——
刹那间凝驻于"现在"的一点;
地球小如鸽卵,
我轻轻地将它拾起
纳入胸怀。

晚安！刹那

又一次地球自转轻妙的完成……

长天一碧窈窕，风以无骨的手指摇响着笑
触目盈耳一片妩媚温柔
沙尘酰郁芳醇沾鼻如酒

在没一丝褶皱的穹空的湖面上
白云卧游着，像梦幻的天鹅
幽悄悄地 —— 怕撩醒湖底精灵的清睡

世界醉了，醉倒在"美"的臂弯里
（腰系酒葫芦儿，达奥尼苏司狂笑着
　　从瞎眼的黑驴儿背上滑坠下来）

而我却歇斯颓厉地哭了

我植立着,看蝙蝠蘸一身浓墨

在黄昏昙花一现的金红投影中穿织着十字

那边,给海风吹瘦了的

　　最前线的刺刀尖上

翛然飞挂起第一颗晚星……

消息（二首）

（一）

上帝是从无始的黑漆漆里跳出来的一把火，
我，和我的兄弟姊妹们 ——
星儿们，鸟儿鱼儿草儿虫儿们
都是从祂心里迸散出来的火花。

"火花终归是要殒灭的！"
不！不是殒灭，是埋伏 ——
是让更多更多无数无数的兄弟姊妹们
再一度更窈窕更夭矫的出发！
从另一个新的出发点上，
从燃烧着绚烂的冥默

与上帝的心一般浩瀚勇壮的

千万亿千万亿火花的灰烬里。

(二)

昨夜,我又梦见我死了

而且幽幽地哭泣着,思量着

怕再也难得活了

然而,当我钩下头想一看我的尸身有没有败坏时

却发现:我是一丛红菊花

在死亡的灰烬里燃烧着十字

畸恋（四首）

（一）

掬满腔肫挚的洋溢的虔热，仰吻
你嶙峋、凝静而清明的前额。
是什么？将它冶炼得如此圣美而不可思议！
仿佛有什么不可折挠的在它深深处危立着
而蓦地俘去我所有的狂喜、膜拜。

甘地墓旁的紫丁香落了开了又落了，
而他空绝的跫音与警戒的瞩视
却依然如沉雷瞑电在我聋聩背后震闪炙射
使我不得不时时叩醒把守着我的咽喉的金剑
当蛊惑的酥软酥脆频频朝我招手时。

（二）

这儿才是爱情最最拥挤的所在。

风这样大！我的鼻额、我的眉眼、我的梦幻
我的披挂着黑色的绝望寒鸦般的影子……
全给伊飘忽飞猛歇斯颓厉的红吻浇醉了。

感谢上帝也给了我恋偶！
这十二月的幼妇，虽然泼辣一些，却是冶艳的。

（三）

所有守护神都在这儿守护着。
在这儿，有紫玉色的雾縠重重围锁
任何轻侮、嫉妒、灾厄都排挤不入
在这儿，宿驻着一位娇小而矜贵的公主。

据说这位无名的惯于幽独寡默的女儿

形影憔悴而灵魂悱恻窈窕

耽爱拈弄泪珠,缄藏流云的脚步

咀嚼曼陀罗花,倾听寂静,凝视漂鸟……

祝福我吧,如果嗜哀者真的有福了

—— 我决非单单只有这么一根肋骨!

(四)

不知道那生来就没有耳朵的怎样觉得!

寂寞吧,我想。

而沦为人的有不止一个耳朵的我,

却日夜怅恼着,忆恋着

那流远了的永不再来的过去 ——

神秘地耳鬓厮磨在千万亿鲦鱼似的寂寞群里,

听雄浑而灵明、单一而邃深的潮汐的谐奏

日夜在我耳畔吻舐、呢喃、讴吟……

哦,那时我不过是恒河一粒小小的流沙。

钥匙（三首）

（一）

幸福：你日夜祷恋的，
是一尊善妒的女神；
她的心眼儿狭窄
容不下一粒沙。

你必须战战兢兢地伏侍她，
梦里也得把你的心香袅袅地绕着她；
偶尔她也会对你嫣然一笑，
当你的虔诚化为鹃血浇红一天云花。

（二）

没想到你会藏匿在这儿!
你，我踏破铁鞋汲汲梦求的真理——
澈悟的怡悦，解脱的欢快。

哦，请一刻儿也不要再飞离我吧
你，涔涔地日夜流溢着汗与泪的十字架!
知否？ 我的怡悦与欢快
是缠紧在你的翅膀上的。

（三）

你不妨把枕头垫得更高一点
安安稳稳地睡吧!
不会有什么雪亮的匕首
在你的魂梦中飙然闪现的——
只要你不曾攫饮过别人体中的血像蚊子

或者，你无意有意之间

践踏过别人的影子……

匕首（五首）

（一）

一瓣蜗牛心里有一座火山，

一茎狗尾草心里有一尊金字塔；

寄语鹰隼莫向乳燕雏鸡狞笑：

沉默的冰河底层有更多汹涌的血！

（二）

从天堂里跳下来

抖一抖生了锈的手臂

插起双翅

飞向十字街头 ——

买一柄短剑

一张无弦琴

一坛埋着冬天里的春天的酒

一把可以打开地狱门的钥匙……

（三）

不管摊在我前面的

是一天艳阳如火如酒

抑是比火还烈比酒更浓的忧愁

我仍将衔着笑，一步紧一步走去 ——

我曾吻抱过地狱一万零一夜

一万零一夜不过是我"盲目的爱"的序曲

（四）

我想把世界缩成

一朵橘花或一枚橄榄
我好合眼默默观照,反刍——
当我冷时,饿时。

(五)

最最紧要的是
当它刚刚开始蠕动萌发时——
当心呀,让你的匕首张开眼来!
看它是黑色的,抑是白色的

如果等它根须已毒蛇般
钻爬到你心田远远深深处
而它的花已狰狞怒开
果实已垂垂坐大……

无题(七首)

(一)

不不,你应该是快乐的!
应该的……

你的额头玻璃般光滑而冷硬 ——
它能刺得上谁的痛苦吗?

(二)

我不知道该如何适应这气候!
你眼里的寒暑表太不可捉摸了。
才不过一眨眼的工夫呀

你眉梢闪跳着虹之舞的缤纷笑影已隐逝不见

而在繁红如火的榴树身上

却结满北极十二月累累的奇寒。

(三)

我怎么好抱怨荆棘呢?

我的鞋子本来很厚实的,

是卤莽与悖慢把它削薄了。

幽独的屋角有蜘蛛在补缀

永远补缀不完的暴风雨的记忆;

今夜十字架上月色如练……

(四)

你的软红鞋着地时有多轻飘!

宛如腼腆的落花忐忑的喘息——

怕飞尘搓你的脚? 抑是怕挑醒

空气偷偷舐吻或劫走你的影子?

（五）

昨天，
你像一枝娇花
黏着火与酒
飘落在我身边；
我轻轻拾起，看看又丢下
我没有暖室，没有瓶，也没水：
我是从沙漠里来的！

今天，
你像一抹寒云
头也不回一回地
向银灰色的天末远去；
我弹掉袖口飞尘似地笑笑
本来没有汗的心又洗过一缕凉飔：
我原是从沙漠里来的！

（六）

二十年前我亲手射出去的一枝孽箭
二十年后又冷飕飕地射回来了

我以吻十字架的血唇将它轻轻衔起
轻轻吞进我最深深处的心里

在我最深深处的心里，它醒睡着
像一首圣诗，一尊乌鸦带泪的沉默

这沉默，比"地狱的冷眼"更叱咤尖亮
它使我在种种媚惑面前震慑不敢仰视

（七）

我要
把身上的衣服全部脱下

把心上的衣服全部脱下

散发跣足,兀立于"伊甸园之东"——

只有哀悔与我相对沉默的地方

让年年月月日日呜呜咽咽

乱箭似的时间的急雨

刮洗去我斑斑血的记忆

四行 八首

(一) 北极星

那寡独而高的北极星
因为怕冷
想长起一双翅膀
飞入有灯光的窗户里去

(二) 司阍者

我想找一个职业
一个地狱的司阍者
慈蔼地导引门内人走出去
慈蔼地谢绝门外人闯进来

(三)我爱

我爱咀嚼酰郁悱恻的诗
我爱咀嚼"被咀嚼"的滋味
当"诱惑"把樱口才刚刚张开一半儿
我已纵身投入

(四)梦

喜马拉雅山微笑着
想起很早很早以前的自己
原不过是一粒小小的卵石
"哦,是一个梦把我带大的!"

(五)悟

拂去黏在发上眉上须上的露珠
从怀疑弥漫灰沉沉的夜雾里

爬上额菲尔斯最高的峰巅

打开眼,看金云抱日出

(六)角度

战士说,为了防卫和攻击

诗人说,为了美

你看,那水牛头上的双角

便这般庄严而娉婷地诞生了

(七)春草

拼一生 ——

把氤氲在我心里的温润的笑

凝铸成连天滴滴芳绿

将泪雨似的落花的摇摇的梦儿扶住

(八)距离

聪明的,你能否算计出

它从树梢到地面的距离?

当它酡红的甜梦自霜夜里圆醒

当一颗苹果带笑滑落,无风

向日葵之醒(二首)

(一)

我矍然醒觉
(我的一直向高处远处冲飞的热梦悄然隐失)
灵魂给惊喜擦得赤红晶亮
瞧,有光! 婀娜而夭矫地涌起来了
自泥沼里,自荆棘丛里,自周身补缀着"穷"的小
　茅屋里……

而此刻是子夜零时一秒
而且南北西东下上拥挤着茄色雾

（二）

鹏、鲸、蝴蝶、兰麝，甚至毒蛇之吻，苍蝇的
　脚……
都握有上帝一瓣微笑。
我想，我该如何
分解掬献我大圆镜般盈盈的膜拜？

—— 太阳，不是上帝的独生子！

还魂草

每一只蝴蝶,都是一朵花底鬼魂,回来寻访它自己。

——张爱玲《炎樱语录》

序周梦蝶先生的《还魂草》

叶嘉莹

我是向来未尝为任何人任何书写过序文的,然而两天前,当周梦蝶先生要我为他即将出版的诗集《还魂草》赶写一篇序文时,我竟冒昧地答应了下来。其一,当然是有感于周先生的一份诚意;其二,则因为我原是一个讲授旧诗的人,而周先生居然肯要我为这一本现代诗集写序,则无论这一篇序文写得如何,至少不失为新旧之间破除隔阂步入合作的一种开端和尝试;最后,一个更大的原因,则是因为我对周先生之忠于艺术也忠于自己的一种诗境与人格,一直有着一份爱赏与尊重之意,因此,虽明知自己未必是为此书写序的适当之人选,也依然乐于作了这种"知其不可而为之"的承诺。

周先生之要我写序，也许因他曾偶在报刊中看到过我所写的一些有关旧诗词之评赏的文字，其实，批评古人的旧诗词，与批评今人的现代诗，并不尽同，一则因为旧诗词的作者，已属无可对质的古人，则我信口雌黄之所说，在读者而言，纵未必尽信其是，然也不能必指其非，而对今人之作，则我在论评之间，就不得不深怀着一份惟恐其未必能合作者原意的惶惧；再者，对于旧诗词的阅读和写作，我是早在三十年前就已开始了的，而对于现代诗，则我不仅从来不曾有过写作的尝试和经验，即使阅读，也仅是近二三年来，偶然涉猎浏览过一些极少的作品而已，虽说美之为美，天下有目之所共赏，我对于现代诗中的一些佳作，也极为赏爱，但如说到论评，则刺绣之工既不尽同于编织，缰辔的控持，也必然不同于方向盘之操纵，如今我欲以一向惯于论评旧诗词的眼光来论评现代诗，则即使不致如扣盘言日之盲，似乎也颇不免于燕说郢书之妄了。

以我习惯于论评旧诗词的眼光来看，我以为周先生诗作最大的好处，乃在于诗中所表现的一种独特的诗境，这种诗境极难加以解说，如果引用周先生自己在《菩提树下》一诗中的话"谁能于雪中取火，且铸火为雪"，则我以为周先生的诗境所表现的，便极近于一种自"雪中取火，且铸火为雪"的境界。

我在为学生讲授旧诗词的时候，常好论及诗人对自己感情的一份处理安排之态度与方法，由于其对感情之处理与安排的不同，因此诗人们所表现的境界与风格也各异。如果举一些重要的诗人为例证，则渊明之简净真淳，是由于他能够将其一份悲苦，消融化解于一种智慧的体悟之中，如同日光之融七彩而为一白，不离悲苦之中，而脱出于悲苦之外，这自然是一种极难达致的境界；其次则如唐之李太白，则是以其一份恣纵不羁的天才，终生作着自悲苦之中，欲腾掷跳跃而出的超越；杜子美则以其过人之强与过人之热的力与情，作着面对悲苦的正视与担荷；至于宋之欧阳修，则是以其一份遣玩的意兴，把悲苦推远一步距离，以保持其所惯用的一种欣赏的余裕；苏东坡则以其旷达的襟次，把悲苦作着潇洒的摆落，以上诸人其类型虽尽有不同，然而对悲苦却似乎都有着一种足以奈何的手段。此外更有着一种从来对悲苦无法奈何的诗人，如"九死其未悔"的屈灵均，"成灰泪始干"的李商隐，他们固未尝解脱，也未尝寻求过解脱，他们对于悲苦只是一味的沉陷和耽溺。另外更有一种有心寻求安排与解脱，而终于未尝得到的人，那就是"言山水而包名理"的谢灵运，大谢之写山水与言名理，表现虽为两端，而用心实出于一源，他对山水幽峻的恣游，与对老庄哲理的向往，同样出于欲为其内心凌乱矛盾之悲苦，觅致得一排解之途径。然而佛家有云："境由心造"，若非由内心自力更生，则山水之恣游既不过徒劳屐齿，老庄之哲理亦不过徒托言筌，所以大谢诗中的哲理，若非自其"不能得道"作相反之体认，而欲于其中寻觅"得道"的境界，就未免南辕而北辙了。

至于周先生的诗作，则自其四十八年出版的第一本诗集《孤独国》，到今日准备出版的第二本诗集《还魂草》，其意境与表现，虽有着更为幽邃精致，也更为深广博大的转变，然而其间却有着一个为大家所共同认知的不变的特色，那就是周先生诗中所一直闪灿着的一种禅理和哲思。周先生似乎也是一位想求安排解脱而未得的诗人，因之他的诗，既不同于前所举第一种之隐然有着对悲苦足以奈何的手段之诗人，也不同于第二种之对悲苦作着一味沉陷和耽溺的诗人；如果自其感情之不得解脱，与其时时"言哲理"的两方面来看，虽似颇近于大谢，然而若就其淡泊坚卓之人格与操守来看，则毋宁说其更近于渊明。周先生之不同于大谢者，盖大谢之不得解脱之感情，乃得之于现实生活之政治牵涉的一份凌乱与矛盾，而周先生之不得解脱之感情，则似乎是源于其内心深处一份孤绝无望之悲苦。再者，大谢之言哲理，只不过是在矛盾凌乱中的一份聊以自慰的空言，而其所言之哲理，并未曾在其感情与心灵之间发生任何作用，而周先生诗中的禅理哲思，则确实有着一份得之于心的触发和感悟，虽然周先生并未能如渊明一样，做到将悲苦泯没于智慧之中，而随哲理以超然俱化，但周先生却实实已做到将哲理深深地透入于悲苦之中而将之铸为一体了，故其诗境乃不属于以上所举之三种诗人的任何一类型之中，周先生乃是一位以哲思凝铸悲苦的诗人，因之周先生的诗，凡其言禅理哲思之处，不但不为超旷，而且因其汲取自一悲苦之心灵，而弥见其用情之深，而其言情之处，则又因其有着一份哲理之光照，而使其有着一份远离人间烟火的明净与坚凝，如此"于雪中取火且铸火为雪"的结果，其悲苦虽未尝得片刻之消融，而却被铸炼得如此莹洁而透明，在此一片莹明中，我们看到了他的属于"火"的一份沉挚的凄哀，也看到了他的属于"雪"的一份澄净的凄寒，周先生的诗，就是如此往复于"雪"与"火"的取铸之间，所以其诗作虽无多方面之风格，而却不使人读之有枯窘单调之感，那便因为在此取铸之间，他自有其一份用以汲取的生命，与用于镕铸的努力，是动而非静，是变而非止。再者，周先生所写之境界，多为心灵之境，而非现实之境，如果我们可以把诗人的心灵比做一粒晶球，则当其闪烁转动于大千世界之中的时候，此一粒晶球虽并不能包容大千世界的繁复博大之实体，而其每一闪烁之中，却亦自有其不具形的隐约的投影，在周先生诗中，我们就可看到此一粒晶球的面面之闪烁，以上是我所见的周先生诗中的境界。

其次，我想再谈一谈周先生诗中文字的表现，我以为周先生在文字的表现一方面，也有其极为独到的一种镕铸和运用的能力。我是一个一贯主张要把古今与中外交融起来的论诗者，而在周先生诗中，我就清楚地看到了这种交融运用的成功，在周先生诗中，有大似古乐府江南曲的极质拙而真切的排句，如其《虚空的拥抱》之后数句；有极近于宋词的顿挫和音节，如其《逍遥游》的前数句；至于其时时可见的对偶之工，与一些旧辞旧典的运用，更属熟练之极，多不胜举。其实，用旧并不难，而难能的是周先生所用之旧，都赋有着新感觉与新生命；既不迷于旧，亦不避其旧。而此外周先生更善于以其敏锐的感觉与精炼的工力，镕铸出极为新颖而现代化的诗句，如其"纵使黑暗挖去自己的眼睛……/蛇知道：它仍能自水里喊出火底消息"（《六月》）；"你将拌着眼泪一口一口咽下你底自己/纵然你是蟑螂，空了心的。在天国之外，六月之外。"（《六月之外》）；"而泥泞在左，坎坷在右/我，正朝着一口嘶喊的黑井走去……"（《囚》）……像这些诗句可说是颇为费解的现代化之诗句了，然而不必也不须加解说，我们岂不都能自其中聆听到一份呼号，感受到一份震撼，所以，求新颖与现代也并不难，而难能的是在其中真正充溢着有一份诗人之锐感与深情。以上尚不过是我有心于古典与现代之两面求相反的例证，如果不存此有心分别之成见，而在周先生诗集中寻求一些交融着古典与现代，交融着火的凄哀与雪的凄寒的诗句，则更属俯拾皆是，随处都可看到翠羽明珠之闪烁。总之，周先生的诗，无论就意境而言，无论就表现而言，其发意遣辞，都源于一份真切的诗感，如此，所以无论其篇幅之为长为短，其用典之为旧为新，其用字造句之为古典为现代，他都能以其诗人的心灵作适当的掌握和表现，不故意拖沓以求长，不故为新奇以炫异。周先生之诗作，一直在现代诗坛上，受到普遍的尊敬和重视,其成就原不是偶然的,而我以一个外行人竟然如此哓哓,匆匆草毕此文,乃弥觉有多事之感。惟愿此一诗集能早日与世人相见,而一些其他外行人,或者因我这一些外行话,而反而留意于此一现代诗集,则我之哓哓,或者也尚非全属徒然。是为序。

辑一　山中拾掇

一块石头,使流水说出话来。

——白伦敦

天窗

戒了一冬一春的酒的阳光
偷偷地从屋顶上窥下来
　　只一眼！就触嗅到
挂在石壁上那尊芳香四溢的空杯。

同时，有笑声自石壁深深处软软伸出
伸向那强横的三条力线
　　那雄踞于太极图上的"☰"
而且，软软地把后者攫弯了。

附注："☰"为八卦之首"乾"底象形。

九行

你底影子是弓
你以自己拉响自己
拉得很满,很满。

每天有太阳从东方摇落
一颗颗金红的秋之完成
于你风干了的手中。
为甚么不生出千手千眼来?
既然你有很多很多秋天
很多很多等待摇落的自己。

朝阳下

给永夜封埋着的天门开了
新奇簇拥我
我有亚当第一次惊喜的瞠目。

如果每一朵山花都是天国底投影
多少怡悦,多少慈柔
正自我心中秘密地飞升。

如果每一寸草叶
都有一尊基督醒着 ——
第几次还魂? 那曾燃亮过
惠特曼、桑德堡底眼睛的眼睛。

我想,在山底窈窕深处

许或藏隐着窈窕的倾听者吧!

哦,如果我有一枝牧笛

如果我能吹直满山满谷白云底耳朵……

守墓者

是第几次？我又在这儿植立！
在立过不知多少的昨日。

十二月。满山草色青青。是什么
绿了你底，也绿了我底眼睛？

幽禁一次春天，又释放一次春天
如阴阳扇的开阖，这无名底铁锁！

你问我从何处来？太阳已沉西
星子们正向你底发间汲水。

一茎摇曳能承担多少忧愁？风露里

我最艳羡你那身斯巴达的金绿!

记否? 我也是由同一乳穗恩养大的!
在地下,在我累累的断颚与耻骨间
伴着无眠 —— 伴着我底另一些"我"们
花魂与鸟魂,土拨鼠与蚯蚓们
在一起瞑默 —— 直到我从醒中醒来
我又是一番绿! 而你是我底绿底守护……

濠上

"子非鱼,安知鱼之乐?"

"子非我,安知我不知鱼之乐?"

——《庄子·秋水》

吹一串串泡泡底微笑

赠答那微笑 ——

那自稀稀疏疏的须髭里

漏泄出来的。

黄昏。他们底拄杖

敲醒这儿岸边贪睡的卵石

和挤在石缝里比寂寞还寂寞的

等待,和蛰在等待里

比遥远还遥远的记忆。那时啊
他们和我,同在一胞黑色的
从未开凿过的春天里合唱着瞑默
不知道快乐 —— 比快乐还快乐……

是谁? 聪明而恶作剧地
将孪生的他们和我
将孪生的快乐和快乐
分割。谁稀罕这鳞刺? 这鳔与鳍

这累赘的燕尾服? 这冷血
这腥湿砌成的玻璃墙壁……
我厌倦。我无法使自己还原
我想飞。我不知道该怎样飞

而此刻,我清清澈澈知道我底知道。
"他们也有很多很多自己"
他们也知道。而且也知道
我知道他们知道

摆渡船上

负载着那么多那么多的的鞋子
船啊,负载着那么多那么多
相向和相背的
三角形的梦。

摆荡着 —— 深深地
流动着 —— 隐隐地
人在船上,船在水上,水在无尽上
无尽在,无尽在我刹那生灭的悲喜上。

是水负载着船和我行走?
抑是我行走,负载着船和水?

暝色撩人

爱因斯坦底笑很玄,很苍凉。

树

等光与影都成为果子时,
你便怦然忆起昨日了。

那时你底颜貌比元夜还典丽
雨雪不来,啄木鸟不来
甚至连一丝无聊时可以折磨折磨自己的
触须般的烦恼也没有。
是火?还是什么驱使你
冲破这地层?冷而硬的。
你听见不,你血管中循环着的呐喊?
"让我是一片叶吧!
让霜染红,让流水轻轻行过……"

于是一觉醒来便苍翠一片了!

雪飞之夜,你便听见冷冷

青鸟之鼓翼声。

闻钟

乘没遮拦的烟波远去
顶苍天而蹴白日;
如此令人心折,光辉且妍暖
那自何处飞来的接引的手?

雪尘如花生自我底脚下。
想此时荼蘼落尽的阳台上
可有谁迟眠惊梦,对影叹息
说他年陌上花开
也许有只红鹤翩跹
来访人琴俱亡的故里……

空中鸟迹纵横;

星星底指点冷冷的 ——
我想随手拈些下来以深喜
串成一句偈语,一行墓志:
"向万里无寸草处行脚!"

悠悠是谁我是谁?
当山眉海目惊绽于一天暝黑
哑然俯视:此身仍在尘外。

辑二　红与黑

人生如钟摆,在追寻与幻灭之间辗转、徘徊。

——哈岱

一月

被一枚果核底爆裂声震醒了的

浑沌底睡意

哭着 —— 不知到底该怎样才能让夜

这头顽固而笨重的骆驼

穿过那针孔

微茫,不透风的黎明。

隐约自己是一线光

仰泳于不知黑了多少个世纪的深海中

万籁俱寂

只有时间响着:卜卜卜卜

像焦急地等那人来时才歇止的

谁底清澈的心跳。

二月

这故事,是早已早已发生了的
在未有眼睛以前就已先有了泪
就已先有了感激
就已先有了展示泪与感激的二月。

而你眼中的二月何以比别人独多?

总是这样寒濷濷的天色
总是这样风丝丝雨丝丝的 ——
绛珠草底眼睫垂得更低了
"怎样沁人心脾的记忆啊
那自无名的方向来
饮我以无名的颤栗的……"

而你就拼着把一生支付给二月了

二月老时,你就消隐自己在星里露里。

附注: 绛珠草因受神瑛侍者日夕浇灌之恩无以为报,
乃拼一生流泪以自忏。见《红楼梦》。

四月

没有比脱轨底美丽更慑人的了!

说命运是色盲,辨不清方向底红绿
谁是智者? 能以袈裟封火山底岩浆。

总有一些腼腆的音符群给踩扁
—— 总有一些怪剧发生;在这儿
在露珠们咄咄的眼里。

而这儿的榆树也真够多
还有,树底下狼藉的隔夜底果皮
多少盟誓给盟誓蚀光了
四月说:他从不收听脐带们底嘶喊……

五月

在什么都瘦了的五月

收割后的田野,落日之外

一口木钟,锵然孤鸣

惊起一群寂寥,白羽白爪

绕尖塔而飞:一番礼赞,一番酬答……

这是蛇与苹果最猖獗的季节

太阳夜夜自黑海泛起

伊比鸠鲁痛饮苦艾酒

在纯理性批判的枕下

埋着一瓣茶花。

瞳仁们都决定只瞭望着自己

不敢再说谁底心有七窍了!

菖蒲绿时,有哭声流彻日夜 ——

为甚么要向那执龟壳的龟裂的手问卜?

烟水深处,今夜沧浪谁是醒者?

而绚缦如蛇杖的呼唤在高处

与钟鸣应和着 —— 那是一颗星

那是摩西挂在天上的眼睛!

多少滴血的脚呻吟着睡去了

大地泫然,乌鸦一夜头白!

七月

自鳕鱼底泪眼里走出来的七月啊
淡淡的,蓝蓝的,高高的。

荻奥琴尼斯在木桶中睡熟了
梦牵引着他,到古中国颍川底上游
看鬓发如草的许由正掬水洗耳
而鲲鹏底魂梦飙起如白夜
冷冷的风影泻下来,自庄周底眉角……

悲世界寥寂如此恻恻又飞回
飞入华尔腾湖畔小木屋中,在那儿
梭罗正埋头敲打论语或吠陀经
草香与花香在窗口拥挤着

猎人星默默,知更鸟与赤松鼠默默……

醒着,还是睡着聪明?七月想
湛然一笑,它以一片枫叶遮起了眼睛。

附注: 鳕鱼,性拗强,耽寒冷,常潜匿深海岩礁间,
每乘兴独游,辄逆流而上。

十月

就像死亡那样肯定而真实
你躺在这里。十字架上漆着
和相思一般苍白的月色

而蒙面人底马蹄声已远了
这个专以盗梦为活的神偷
他底脸是永远没有褶纹的

风尘和忧郁磨折我底眉发
我猛叩着额角。想着
这是十月。所有美好的都已美好过了
甚至夜夜来吊唁的蝶梦也冷了

是的,至少你还有虚空留存

你说。至少你已懂得什么是什么了

是的,没有一种笑是铁打的

甚至眼泪也不是……

十二月

这耳膜锈得快要结茧了

在梦与冷落之间

我是蛇! 瑟缩地遐想着惊蛰的。

谁晓得我曾睡扁时间多少?

夜长如愁,寒冷寸寸龟裂

那自零下出发

　载着开花了的十二月的邮船搁浅在哪儿?

总在梦中梦见雪崩

梦见断崖上常春藤荡着秋千

　含羞草再也收敛不住了

　瞑起眼睛,咀嚼风和阳光

而脸色比沉思者还阴沉的

石狮子也蹲蹲起舞

向东方，吼醒那使浑沌笑出泪来的日出……

十三月

天不转路转。该歇歇脚了是不?
偃卧于这条虚线最后的一个虚点。锵锵
我以记忆敲响
推我到这儿来的那命运底铜镮。

每一节抖擞着的神经松解了
夜以柔而凉的静寂孵我
我吸吮着黑色:这浓甜如乳的祭酒
我已归来。我仍须出发!

悲哀在前路,正向我招手含笑
任一步一个悲哀铸成我底前路
我仍须出发!

灼热在我已涸的脉管里蠕动
雪层下，一个意念挣扎着
欲破土而出，矍然！

闰月

从委委曲曲的等待里昂起头来
穿行于季节花影斑驳的曲径之中。

骤暖的阳光使你神经痉挛,感觉眩晕
好难遇的假期 —— 三年才得一见天日

才得伸一次唯美而颓废的懒腰
才得哭一次自己的哭,笑一次自己的笑

才得串演一次唯我独尊的人立
像二五〇三年前一个婴儿所串演的。

时间:你底衣裳:一分一寸地蜕落,蜕落

你一直在想 —— 你是否与释迦同大?

一条双头蛇,蟠伏于菩提双树间的

可也能成为明镜在胸通身是眼的智者?

一九五九年·佛历二五〇三年四月

六月

又题：双灯

再回头时已化为飞灰了
便如来底神咒也唤不醒的

那双灯。自你初识寒冷之日起
多少个暗夜，当你荒野独行
皎然而又寂然
天眼一般垂照在你肩上左右的

那双灯。啊，你将永难再见
除非你能自你眼中
自愈陷愈深的昨日的你中
脱蛹而出。第二度的

一只不为睡眠所困的蝴蝶……

在无月无星的悬崖下
一只芒鞋负创而卧,且思维
若一息便是百年,刹那即永劫……

附注:"……尔时阿难,因乞食次,经历淫室。摩登伽女以大幻术,摄入淫席,将毁戒体。如来知彼幻术所加,顶放宝光,光中出生千叶宝莲,有佛跌坐宣说神咒。幻术消灭。阿难及女,来归佛所,顶礼悲泣。"见《楞严经》。①

又:莎翁论情爱:"这里没有仇雠。只是天气寒冷一点,风剧烈一点。"见《暴风雨》。

---

① 此处引文与通行版本有异,为保留文本原貌,不作改动。全书涉及引文处,多有此问题,皆依样处理,不另行他注。——编者注

六月

枕着不是自己的自己听

听隐约在自己之外

而又分明在自己之内的

那六月的潮声

从不曾冷过的冷处冷起

千年的河床,瑟缩着

从臃肿的呵欠里走出来

把一朵苦笑如雪泪

撒在又瘦又黑的一株玫瑰刺上

霜降第一夜。葡萄与葡萄藤

在相逢而不相识的星光下做梦

梦见麦子在石田里开花了

梦见枯树们团团歌舞着,围着火

梦见天国像一口小麻袋

而耶稣,并非最后一个肯为他人补鞋的人

附注: 小麻袋,《巴黎圣母院》女主角之母"女修士"之绰号。曾为娼。

六月

蓦然醒来
缤纷的花雨打得我底影子好湿!
是梦? 是真?
面对珊瑚礁下覆舟的今夕。

一粒舍利等于多少坚忍? 世尊
你底心很亮,而六月底心很暖 ——
我有几个六月? 我将如何安放我底固执?
在你与六月之间。

据说蛇底血脉是没有年龄的!
纵使你铸永夜为秋,永夜为冬
纵使黑暗挖去自己底眼睛 ……

蛇知道：它仍能自水里喊出火底消息。

死亡在我掌上旋舞
一个蹉跌，她流星般落下
我欲翻身拾起再拼圆
虹断霞飞，她已纷纷化为蝴蝶。

附注：释迦既卒，焚其身，得骨子累万，光莹如五
　　　色珠，捣之不碎。名曰舍利子。

六月之外

> 你们中谁是无罪的,谁就可以拿石头打她。
>
> ——《约翰福音》

这是什么生活?
眼睛吊着,一颗蜘蛛之丝的心吊着
想着那"或者"! 也许
他,是一个奇迹,香客似的
不雷吼,不横眉竖目
没有腋臭,没有浓髭如麦芒
甚至,没被毒蛇咬过……

这是什么生活?
在安息日我独不得安息!

我必须尽早把疲倦包扎好

把茶花女不戴的花戴起

把上帝恩赐我的那张光焕的脸藏起

重新髹漆！以贞静与妖冶

以天堂与地狱混合的油彩。

我必须以同等的忍耐与温柔

亲近每一个仇敌般亲近着我的。

不管他是小白桦，还是枯柳

不管他是巴拉巴㊀，还是耶稣

更不问他是从天狼星外来？

还是从木马饿空的腹中

他底名字是蟹行？还是人立……

当夜色骤亮时

我必须努力忘记我是谁！

当猎人底猫儿眼穿过荒野底呼唤㊁

当我像野荸荠一般连根被拔起……

没有一扇天窗比这一扇更低、更暗

还魂草

没有一道扶梯比这一道更瘦、更陡
盲目与盲目对视着崩眩的虚无!

这是什么生活?
一年三百六十日,三百六十日风雪!
我囚冻着,我被囚冻着
仿佛地狱门下一把废锁 ——
空中啸的是鸟,海上飞的是鱼
我在哪里? 既非鹰隼,甚至也不是鲛人
我是蟑螂! 祭养自己以自己底肉血。

过来的人们说: 在天国, 在六月
月亮的白,不是太阳的那种白:
如果她㊂一眼就把你晒黑
倾约旦河之水也难为澡雪㊃。
当审判日来时,当沉默的泥土开花时
你将拌着眼泪一口一口咽下你底自己
纵然你是蟑螂,空了心的。在天国之外,六月之外。

附注：

㈠ 巴拉巴，巨盗名。与耶稣同时。

㈡ 约翰踯躅荒野，呼唤罪人："悔改吧，天国已经近了！"

㈢ 月属阴性，以象征罪与媚惑。故云。

㈣ 《庄子》："澡雪精神。"

辑三　七指

不管命运索价多高,我总得买一点。

————海明威

菩提树下

谁是心里藏着镜子的人呢?
谁肯赤着脚踏过他底一生呢?
所有的眼都给眼蒙住了
谁能于雪中取火,且铸火为雪?
在菩提树下。一个只有半个面孔的人
抬眼向天,以叹息回答
那欲自高处沉沉俯向他的蔚蓝。

是的,这儿已经有人坐过!
草色凝碧。纵使在冬季
纵使结跏者底跫音已远逝
你依然有枕着万籁
与风月底背面相对密谈的欣喜。

坐断几个春天?

又坐熟多少夏日?

当你来时,雪是雪,你是你

一宿之后,雪既非雪,你亦非你

直到零下十年的今夜

当第一颗流星騞然重明

你乃惊见:

雪还是雪,你还是你

虽然结跏者底跫音已远逝

唯草色凝碧。

作者谨按: 佛于菩提树下,夜观流星,成无上正觉。

豹

> 会中有一天女,以天花散诸菩萨,悉皆坠落;至大弟子,便着不坠。天女曰:"结习未尽,故花着身。"
> ——《维摩经·问疾品》

你把眼睛埋在宿草里了
这儿是荒原 ——
你底孤寂和我底孤寂在这儿
相拥而睡。如神明
在没有祝祷与馨香的夜夜。

欧尼尔底灵魂坐在七色泡沫中
他不赞美但丁。不信
一朵微笑能使地狱容光焕发

而七块麦饼,一尾咸鱼

可分啖三千饥者。

雪在高处亮着

五月的梅花在你愁边点燃着 ——

由卢骚街到康德里

再由鸡足山直趋信天翁酒店

琵琶湖上,不闻琵琶

胭脂井中,惟有鬼哭……

终于,终于你把眼睛

埋在宿草里了

当跳月的鼓声喧沸着夜。

"什么风也不能动摇我了"

你说。虽然夜夜夜心有天花散落

枕着贝壳,你依然能听见海啸。

山

> 若你呼唤那山,而山不来;你就该走向他。
>
> ——《可兰经》

从不平处飞来

兀兀然,欲探首天外

看你底投影

比你底沉思还澹

比你底哲学还瘦而拗且古

西西弗斯底忧戚亮了

当雷电交响时

你像命运一般地哭

哭这昼,是谁家底昼

夜,是谁家底夜

依稀高处有回声呼唤你

在苦笑的忍冬花外

你颤栗着。你本属于

"你没有拄杖子

便抛却你拄杖子"的那类狂者

疾风在你发梢啸吟

岁月底冷脸沉下来

说天外还有天

云外还有云。说一寸狗尾草

可与狮子底光箭比高

每一颗顽石都是一座奇峰

让凯撒归于凯撒

上帝归上帝,你归你 ——

直到永恒展开全幅的幽暗

将你,和额上的摩西遮掩

附注：希腊神话：西西弗斯，以刚愎触神怒，罚推巨石上山，及顶复滚下，再推上……如此往复劳顿，以终其身。

逍遥游

> 北溟有鱼,其名为鲲。鲲之大,不知几千里也。化而为鸟,其名为鹏;鹏之背,不知几千里也。怒而飞……
> ——《庄子》

绝尘而逸。回眸处

乱云翻白,波涛千起;

无边与苍茫与空旷

展笑着如回响

遗落于我踪影底有无中。

从冷冷的北溟来

我底长背与长爪

犹滞留着昨夜底濡湿;

梦终有醒时 ——
阴霾拨开,是百尺雷啸。

昨日已沉陷了,
甚至鲛人底雪泪也滴干了;
飞跃啊,我心在高寒
高寒是大化底眼神
我是那眼神没遮拦的一瞬。

不是追寻,必须追寻
不是超越,必须超越 ——
云倦了,有风扶着
风倦了,有海托着
海倦了呢? 堤倦了呢?

以飞为归止的
仍须归止于飞。
世界在我翅上
一如历历星河之在我胆边
浩浩天籁之出我胁下……

行到水穷处

行到水穷处
不见穷,不见水 ——
却有一片幽香
冷冷在目,在耳,在衣。

你是源泉,
我是泉上的涟漪;
我们在冷冷之初,冷冷之终
相遇。像风与风眼之

乍醒。惊喜相窥
看你在我,我在你;
看你在上,在后在前在左右:

回眸一笑便足成千古。

你心里有花开,
开自第一瓣犹未涌起时;
谁是那第一瓣?
那初冷,那不凋的涟漪?

行到水穷处
不见穷,不见水——
却有一片幽香
冷冷在目,在耳,在衣。

骈指

是羚羊挂在这儿的
双角？抑是遗落在望夫石边
空茫的眼神？

谁说五季之后没有第六季？
悬崖高处，我依稀听得春天
颤栗复颤栗的
走索的声音。

昨日你是积雪，
今日你是积雪下惺忪的春草；
谁家的喜鹊衔来一天红云？
在五月的梅梢。

有鸟自虹外飞来

有虹自鸟外涌起 ——

你底幽思是出岫的羊群

不识归路,惟见山山秋色。

来自仙人掌上的风,

还向仙人掌里锵然入定;

从此五季之后不复有第六季,

直到定从风中醒来,像蝴蝶

你翩跹着自风中醒来。

附注: 武昌北山有望夫石。传昔有征妇,日于是山望其夫归,死化为石,状若人立。见《幽明录》。

托钵者

滴涓涓的流霞
于你钵中。无根的脚印啊!
十字开花在你匆匆的路上
在明日与昨日与今日之外
你把忧愁埋藏。

紫丁香与紫苜蓿念珠似的
到处牵挂着你;
日月是双灯,照亮你鞋底
以及肩背:袈裟般
夜的面容。

十四月。雪花飞

三千弱水的浪涛都入睡了。

向最下的下游 ——

最上的上游

问路。问路从几时有?

几时路与天齐?

问优昙华几时开?

隔着因缘,隔着重重的

流转与流转 —— 你可能窥见

哪一粒泡沫是你的名字?

长年辗转在恒河上

恒河的每一片风雨

每一滴鸥鹭都眷顾你 ——

回去是不可能了。枕着雪涛

你说:"我已走得太远!"

所有的渡口都有雾锁着

在十四月。在桃叶与桃叶之外

抚着空钵。想今夜天上

有否一颗陨星为你默默堕泪?

像花雨,像伸自彼岸的圣者的手指……

附注:优昙华三千年一度开,开必于佛出世日。

又:王献之有妾曰桃叶,美甚;献之尝临渡,歌
以送之。后因以桃叶名此渡。

辑四　焚麝十九首

我们像海鸥之与波涛似的：认识了，走近了。
海鸥飞去，波涛滚滚地流开；我们也分别了。

——泰戈尔

寻

从每一滴金檀花底泪光中
从世尊没遮拦的指间
窥探你。 像月在月中窥月
你在你与非你中无言、震栗!

何须寻索! 你底自我
并未坠失。 倘若真即是梦
(倘若世界是梦至美的完成)
梦将悄悄,优昙华与仙人掌将悄悄

藏起你底侧影。 倘若梦亦非真
当甜梦去后,噩梦醒时
你已哭过 —— 这斑斑的酸热

曾将三千娑婆的埃尘照亮、染湿!

当你泪已散尽;当每一粒飞沙
齐蝉化为白莲。　你将微笑着
看千百个你涌起来,冉冉地
自千花千叶,自滔滔的火海。

附注:世尊在灵山会上,以金檀花一朵示众,众皆
　　　默默,惟迦叶尊者破颜微笑。

失题

灯光给你底苍白

镀上一层眩晕，一层薄薄的

羞怯 —— 仿佛你是初花

在惊蛰眼下，从幽梦中

辄然醒来。

浩瀚而焕发的夜

静默在你四周潺潺流动；

如雪吹风，蝶振翼

一些妙谛翩翩

自你眉梢洒落，而又飞起。

你在浓缩：

尽可能让你占据着的这块时空

成为最小。你一直低着眼,

不为甚么地摩玩那颗红钮扣

—— 腼腆而温柔,贴伏在你胸口上的。

于是我记起一桩忧郁的故事来了

我对自己说:那颗红钮扣

准是从七重天上掉下来的

在摇摇无主的一瞬间

像久米仙人那样。

附注:传有久米仙人者,因逃情,入山苦修成道。一日腾云游经某地,见一浣纱女,足胫甚白。目眩神驰,凡念顿生,飘忽之间,已自云头跌下云云。日小说家武者小路实笃述。

还魂草

"凡踏着我脚印来的
我便以我,和我底脚印,与他!"
你说。

这是一首古老的,雪写的故事
写在你底脚下
而又亮在你眼里心里的;
你说。虽然那时你还很小
(还不到春天一半裙幅大)
你已倦于以梦幻酿蜜
倦于在鬓边襟边簪带忧愁了。

穿过我与非我

穿过十二月与十二月,

在八千八百八十之上

你向绝处斟酌自己

斟酌和你一般浩瀚的翠色。

南极与北极底距离短了,

有笑声哗哗然

从积雪深深的覆盖下窜起,

面对第一线金阳

面对枯叶般匍匐在你脚下的死亡与死亡

在八千八百八十之上

你以青眼向尘凡宣示:

"凡踏着我脚印来的

我便以我,和我底脚印,与他!"

注:传世界最高山圣母峰顶有还魂草一株,经冬不凋,取其叶浸酒饮之,可却百病,驻颜色。按圣母峰海拔高八千八百八十二公尺。

一瞥

一道虹彩笔直射来
在薄暗底摇曳之下
当门开半扇 ——
你底光华使我晕眩
使我有一口吸尽西江水的压迫。

夜幕急速地落下
为遮掩大地由惊恐而激起的苍白；
沸然而又木然
我鹄立着。看脚在你脚下生根
看你底瞳孔坐着四个瞳仁。

就从这一刹那起

所有的星宿齐更换了名字。

你底眸子，那燧火般探照着我的

便成了我底影子

而且，即使在无梦的梦中

在宿草纷披的地下……

是的。这似乎是可而不可思议的

当一只苹果无风自落

而且刚巧打落在

正沉思着万有引力的牛顿底鼻子上。

晚安!小玛丽

晚安,小玛丽
夜是你底摇篮。
你底心里有很多禅,很多腼腆
很多即使啄木鸟也啄不醒的
仲夏夜之梦。

露珠已睡熟了
小玛丽
忧郁而冷的十字星也睡熟了
那边矮墙上
蜗牛已爬了三尺高了。

是谁底纤手柔柔地

滑过你底脊背?

你底脊背,雾一般弓起

仿佛一首没骨画

画在伊底柔柔的膝头上。

自爱琴海忐忑的梦里来

梦以一千种温柔脉脉呼唤你

呼唤你底名字;

你底名字是水

你不叫玛丽。

贝叶经关世界于门外

小玛丽

世界在一颗露珠里偷偷流泪

晚香玉也偷偷流泪

仙人掌,仙人掌在沙漠里

也偷偷流泪。谁晓得

泪是谁底后裔? 去年三月

我在尼采底瞳孔里读到他

他装着不认识我

说我愚痴如一枚蝴蝶……

露珠已睡醒了

小玛丽

在晨光熹微的深巷中

卖花女冲着风寒

已清脆地叫过第十声了。

明天地球将朝着哪边转？

小玛丽，夜是你底；

使夜成为夜的白昼也是你底。

让不可说去探问风底来处与去处吧！

睡着是梦，坐着和走着又何尝不是？

附注：玛丽，小狗名。

虚空的拥抱

拥抱这飘忽 —— 黑色的雪
不可捉摸的冷肃和美
自你目中
自你叱咤着欲夺眶而出的沉默中

几乎可以听到每一根发丝喃喃的私语声
那种可怖的距离
我底七指咄咄喧沸着
说你是空果
我是果中未灰的火核

在感恩节。你走到哪里
（不沾尘土是你底鞋子）

哪里便有泉鸣如钟，花香似雪
簇拥你 —— 仰吻你底脚心
斑斑滴血的往日

来自你，仍返照于你的一天斜晖
猝然地红，又猝然地黯了
向每一寸虚空
问惊鸿底归处
虚空以东无语，虚空以西无语
虚空以南无语，虚空以北无语

空 白

依然觉得你在这儿坐着
回音似的
一尊断臂而又盲目的空白

在橄榄街。我底日子
是苦皱着朝回流的 ——
总是语言被遮断的市声
总是一些怪眼兀鹰般射过来
射向你底空白
火花纷飞 —— 你底断臂锵然
点恓惶的夜与微尘与孤独为一片金色

倘你也系念我亦如我念你时

在你盲目底泪影深处

应有人面如僧趺坐凝默

而明日离今日远甚

当等待一夜化而为井。黯黯地

我只有把我底苦烦

说与风听

说与离我这样近

却又是这样远的

冷冷的空白听

车中驰思

多想就这样盲目地摇荡着,摇荡着
流向远处,更远处
醉舟似的
—— 永远不要停歇!

暝色满窗。这倥偬的愉悦!
风景历历向后逸去
那神情,疲倦而闲雅的
　一番采声过后
　又一番采声涌起的
　谢幕的姿态。

越过八仙桥

便想起住在云中

那些耐冷的仙子们

何以能卸脱尘凡

像卸脱昨夜褪色的胭脂?

  一般是血肉身

  一般是千丈的火焰

  蟠结在千丈的发丝上。

笛为谁吹? 花为谁红?

在天河以西,天河以东。

说心与心脚印与脚印

总有红线牵着 ——

  谁能作证? 当时间如一阵罡风

  浪险月黑,今日的云

  已不复是昨日的蔷薇……

再下一站便是金雀园了。

哪里来的这样多古怪的心跳!

  为甚么不见山时眼热?

而当山翠滴滴入望时

　　却又戚蹙着像走在雪中，雾里。

犹记去年来时

榴花照人欲焚

而今该已累累满树了。

穿墙人

灼然而又冷然
你底行踪是风。
所有的墙壁,即使是铜铸的
都竖直了耳朵;
都像受魔咒催引似的
纷纷向你移来,移来。

每一隅黑暗都贴满你底眼睛。
你底眼睛是网
网着方向 —— 向着你的
以及,背着你的。

猎人星夜夜照着你底窗户。

你底窗户,有时打得很开

有时锁得很密

有时开着比锁着还要昏暗

燐光满眼,苍黄的尘雾满眼……

猎人星说只有他有你底钥匙。

猎人星说:如果你把窗户打开

他便轻轻再为你关上……

你是我底一面镜子

你是我底一面镜子
我在你底心里轻轻走着
没有跫音,也无踪迹;
仿佛由天这边到天那边
一朵孤云晚出。

谁画的天? 圆亮而蓝且冷
像你底心。是的
一定有些儿什么躲着
在你背后。那神秘
即使我以千手点起千眼
再由千眼探出千手
依然不能触及。

总觉有谁在高处

冷冷察照我。照彻我底日夜

我底正反,我底去来。

而且,逃遁是不容许的

可兰经在你手里

剑,在你手里……

为甚么不撒一把光

把所有的影子网住?

火曜日,你是谁底火曜日?

谁是你底火曜日?

第十一次自风雪中苏醒

不再南北东西了。背着夜色

沉沉地,我把眼睛回过来

朝里看!

一瞥

都浮到眼前来了!
那些往事,那些惨痛的记忆
(有如两株孪生的树
生生给撕散劈开了的)
都浮到眼前来了!

昏黑。旋天转地的昏黑。
快让脚下闪出一条缝吧
让我没入,深深地
让黑暗飞来为我合眼,像衣棺
——黑暗是最懂得温柔与宽恕的。

为甚么悲喜总与意外相约?

离奇的运数啊!
如果时光真能倒流
就让我回到未出生时 ——
回到不知善之为善,美之为美
回到阴阳犹未判割
七窍犹未洞开时。

如果世界是方而不是圆
地下天上将永不得相见;
而见时的窘涩,与别时的幽愁
将被影尘遮起 ——
千岁一日,咫尺万里
纵使隔着薄薄的一层幽明谛听
你听到的将只有沉默。

都浮到眼前来了。
那些记忆:有如两株孪生的树
生生给撕散劈开了的

在狭路尽头。当你蓦然回首

月光下有雾

雾外一片空碧……

关着的夜

再为我歌一曲吧!
再笑一个凄绝美绝的笑吧!
月亮已沉下去了
露珠们正端凝着小眼睛在等待
等待你踏着软而湿的金缕鞋走回去
走在他们底眼上——
像一片楚楚可怜的蝴蝶
走在刚刚哭过的花枝上。

关着的夜——
这是人世的冷眼
永远投射不到的所在。
挨着我坐下来,挨着我

近一些！再近一些！

让我看你底眸子是否和昨夜一样

孕满温柔，而微带忧愁；

让我再听一次你乙乙若抽丝的耳语

说你是父亲最小最娇的女儿

在十五岁时……

怎样荒谬而又奇妙的遇合！

这样的你，和这样的我。

是谁将这扇不可能的铁门打开？

感谢那凄风，倒着吹的

和惹草复沾帏的流萤。

"滴你底血于我底脐中！

若此生有缘：此后百日，在我底坟头

应有双鸟翠色绕树鸣飞。"

而我应及时打开那墓门，寒鸦色的

足足囚了你十九年的；

而之后是，以锦褥裹覆，

以心与心口与口的嘘吹；

看你在我间不容发的怀内

星眼渐启，两鬓泛赤……

说什么最多是填不平的缺憾！

即使以双倍恒河沙的彩石。

挨着我坐下来，挨着我

近一些！再近一些！

不要把眉头皱得那样苦

最怕看你以袖掩面，背人幽幽低泣

在灯影与蕉影摇曳的窗前

关着的夜——

这是人世的冷眼

永远投射不到的所在！

再为我歌一曲吧

再笑一个凄绝美绝的笑吧

当鸡未鸣犬未吠时。

看你底背影在白杨声中

在荒烟蔓草间冉冉隐没 ——

不要回顾！自然明天我会去跪求那老道

跪到他肯把那瓣返魂香与我。

附注：原题《连琐》，女鬼名。见《聊斋志异》。

绝 响

> 美德啊,你不过是一个名词罢了。
>
> ——莎士比亚

想着这是见你最后的一刹那
与十字为一
在不知是怨是怜是怒
狂乱的逼视下
我底心遂泠泠复泠泠了。

我是为领略尖而冷的钉锤底咆哮来的!
倘若我有三万六千个毛孔,神啊
请赐与我以等量的铁钉
让我用血与沉默证实

爱与罪底价值;以及

把射出的箭射回

是怎样一种痛切。

向渴处焦处下处奔流

向冷处暗处湿处投射

我是水,我是月日

藏你底发于我底发里吧

(盲目的自囚的人啊)

让我咀嚼那浓黑,那甘美的苦涩。

说火是为雪而冷的

那无近远的草色是为谁而冷的?

宇宙至小,而空白甚大

何处是家?何处非家?

化我底呼吸为你底路

倘若你是执拗而又温柔

你定能记取当你来时

你践踏过的每一粒尘土；

季节顶着季节累累然来

又累累然去了！

你在哪里？你，眼中之眼

一切钥匙的钥匙……

在见与不见之间距离多少？

隔着一片泪光，看你在云里云外走着

一阵冷冷如蓝钟花的香雨悄然落下来

圆镜

以泪水洗过的眼的清明

铸成一面圆镜 ——

看风自夏日绚烂的背后走出来

向秋,透一些消息;

向冬,透一些消息。

何所为而去? 何所为而来?

这世界,以千面环抱我

像低回于天外的千色云影

影来,影在;

影去,影空。

顿觉所有的星是眼。所有的

大如蚊虻,细如月日
长宙与长宇都在我视下了
当云涌风起时
谁在我底静默的深处湛然独笑。

而拂拭与磨洗是苦拙的!
自雷电中醒来
还向雷电眼底幽幽入睡。而且
睡时一如醒时;
碎时一如圆时。

囚

那时将有一片杜鹃燃起自你眸中
那时宿草已五十度无聊地青而复枯
枯而复青。那时我将寻访你
断翅而怯生的一羽蝴蝶
在红白掩映的泪香里
以熟悉的触抚将隔世诉说……

多想化身为地下你枕着的那片黑!
当雷轰电掣,夜寒逼人
在无天可呼的远方
影单魂孤的你,我总萦念
谁是肝胆? 除了秋草
又谁识你心头沉沉欲碧的死血?

早知相遇底另一必然是相离

在月已晕而风未起时

便应勒令江流回首向西

便应将呕在紫帕上的

那些愚痴付火。自灰烬走出

看身外身内，烟飞烟灭。

已离弦的毒怨射去不射回

几时才得逍遥如九天的鸿鹄？

总在梦里梦见天坠

梦见千指与千目网罟般落下来

而泥泞在左，坎坷在右

我，正朝着一口嘶喊的黑井走去……

一切无可奈何中最无可奈何的！

像一道冷辉，常欲越狱

自折剑后呜咽的空匣；

当奋飞在鹏背上死

忧喜便以瞬息万变的猫眼,在南极之南

为我打开一面窗子。

曾经漂洗过岁月无数的夜空底脸

我底脸。蓝泪垂垂照着

回答在你风圆的海心激响着

梅雪都回到冬天去了

千山外,一轮斜月孤明

谁是相识而犹未诞生的那再来的人呢?

落樱后,游阳明山

依然空翠迎人!
小隐潭悬瀑飞雪
问去年今日,还记否?
花光烂漫;石亭下
人面与千树争色。

不许论诗,不许谈禅
更不敢说愁说病,道德仁义
怕山灵笑人。这草色
只容裙影与蝶影翻飞
在回顾已失的风里。

风里有栴檀焚烧后的香味

还 魂 草

香味在落日灰烬的脸上走着

在山山与树树间 ——

同来明年何人？ 此桥此涧此石可仍识我

当我振衣持钵，削瘦而萧飒。

直到高寒最处犹不肯结冰的一滴水

想大海此时：风入千帆，鲸吹白浪

谁底掌中握着谁底眼？

谁底眼里宿着谁底泪？

多样的出发，一般的参差！

若杨枝能点微尘为解热的甘露

若眉发如霜余的枯叶

萧萧散落归根。霓虹在下

松涛在上。扎一对草翅膀

我欲凌空飞去。

神使鬼差。纵身有百口口有百舌

也难为逝者诉说 ——

樱花误我？我误樱花？

当心愈近而路愈长愈黑，这苦结

除去虚空粉碎更无人解得！

天问

天把冷蓝冷蓝的脸贴在你鼻尖上
天说：又一颗流星落了
它将落向死海苦空的哪一边？

有一种河最容易泛滥，有一种河
天说：最爱以翻覆为手
迫使傲岸的夜空倒垂
而将一些投影攫入
蝙蝠一般善忘的漩涡中。

一些花底碎瓣自河床浮起
又沉下。没有谁知道
甚至天也不知道。在春夏之交

当盲目的潮汐将星光泼灭

它底唇吻是血造的。

多少死缠绵的哀怨滴自剑兰

滴自郁金香柔柔的颤栗

而将你底背影照亮？

海若有情，你曾否听见子夜的吞声？

天堂寂寞，人世桎梏，地狱愁惨

何去何从？当断魂如败叶随风

而上，而下，而颠连沦落

在奈何桥畔。自转眼已灰的三十三天

伊人何处？茫茫下可有一朵黑花

将你，和你底哭泣承接？

天把冷蓝冷蓝的脸贴在你脸上

天说：又一株芦苇折了

它将折向恒河悲悯的哪一边？

燃灯人

走在我底发上。燃灯人
宛如芰荷走在清圆的水面上
浩瀚的喜悦激跃且静默我
面对泥香与乳香混凝的夜
我窥见背上的天正溅着眼泪

曾为半偈而日食一麦一麻
曾为全偈而将肝脑弃舍
在苦行林中。任鸟雀在我发间营巢
任枯叶打肩,霜风洗耳
灭尽还苏时,坐边扑满沉沉的劫灰

隐约有一道暖流幽幽地

流过我底渴待。燃灯人,当你手摩我顶
静似奔雷,一只蝴蝶正为我
预言着一个石头也会开花的世纪

当石头开花时,燃灯人
我将感念此日,感念你
我是如此孤露,怯羞而又一无所有
除了这泥香与乳香混凝的夜
这长发。叩答你底弘慈
曾经我是腼腆的手持五朵莲华的童子

附注:《因果经》云:"尔时善慧童子见地浊湿,即脱鹿皮衣,散发匍匐,待佛行过。"

又:"过去帝释化为罗刹,为释迦说半偈曰:'诸行无常,是生灭法。'释迦请为说全偈。渠言:'我以人为食,尔能以身食我,当为汝说。'释迦许之。渠乃复言:'生灭灭已,寂灭为乐。'释迦闻竟,即攀高树,自投于地。"

孤峰顶上

恍如自流变中蝉蜕而进入永恒
那种孤危与悚栗的欣喜!
仿佛有只伸自地下的天手
将你高高举起以宝莲千叶
盈耳是冷冷袭人的天籁。

掷八万四千恒河沙劫于一弹指!
静寂啊,血脉里奔流着你
当第一瓣雪花与第一声春雷
将你底浑沌点醒 —— 眼花耳热
你底心遂缤纷为千树蝴蝶。

向水上吟诵你底名字

向风里描摹你底踪迹；
贝壳是耳，纤草是眉发
你底呼吸是浩瀚的江流
震摇今古，吞吐日夜。

每一条路都指向最初！
在水源尽头。只要你足尖轻轻一点
便有冷泉千尺自你行处
醍醐般涌发。且无须掬饮
你颜已酡，心已洞开。

而在春雨与翡翠楼外
青山正以白发数说死亡；
数说含泪的金檀木花
和拈花人，以及蝴蝶
自新埋的棺盖下冉冉飞起的。

踏破二十四桥的月色
顿悟铁鞋是最盲目的蠢物！

而所有的夜都咸

所有路边的李都苦

不敢回顾：触目是斑斑刺心的蒺藜。

恰似在驴背上追逐驴子

你日夜追逐着自己底影子；

直到眉上的虹采于一瞬间

寸寸断落成灰，你才惊见

有一颗顶珠藏在你发里。

从此昨日的街衢；昨夜的星斗

那喧嚣；那难忘的清寂

都忽然发现自己似的

发现了你。像你与你异地重逢

在梦中，劫后的三生。

烈风雷雨魍魅魍魉之夜

合欢花与含羞草喁喁私语之夜

是谁以狰狞而温柔的矛盾磨折你？

虽然你底坐姿比彻悟还冷

比覆载你的虚空还厚而大且高……

没有惊怖,也没有颠倒

一番花谢又是一番花开。

想六十年后你自孤峰顶上坐起

看峰之下,之上之前之左右

簇拥着一片灯海——每盏灯里有你。

附 洛冰赠作者诗一首

那老头

秃顶上闪着光。那老头,紫藤花下吹笛的小老头——你可知道?

尘雾迷漫中见他,灿然一笑。他说:"别以为我是忘忧的云。"

他在他那缺了腿的椅上,盘膝垂目,他在数他的念
　　珠:他的诗。他不孤独。

他是饮阳光的双子叶植物,在酸酸涩涩的石板上植梦。

十三朵白菊花

> 我的,未完成的过去
> 使我难于死;
> 请从那里释放我吧!
> ——泰戈尔

卷一　胭脂流水

人坐乱香心，苦似莲蒻。

——赵尧生

月河

傍着静静的恒河走
静静的恒河之月傍着我走——
我是恒河的影子
静静的恒河之月是我的影子。

曾与河声吞吐而上下
亦偕月影婆娑而明灭;
在无终亦无始的长流上
在旋转复旋转的虚空中。

天上的月何如水中的月?
水中的月何如梦中的月?
月入千水　水含千月

哪一月是你？哪一月是我？

说水与月与我是从
荒远的，没有来处的来处来的；
那来处：没有来处的来处的来处
又从哪里来的？

想着月的照，水的流，我的走
总由他而非由自——
以眼为帆足为桨，我欲背月逆水而上
直入恒河第一沙未生时。

人面石

以你为轴心,我流转
千匝复千匝。

　·

打从破空而出,呱呱的第一声
直到灰飞影灭不可说不可说劫
母亲啊,从你没有尘垢的眼里
我逸出,风一般的劲疾
赤裸而盲目:
不识路,不识走
不识水到何处穷,云从几时起……

　·

我是三万六千五百零一块之外的一块顽石
冻结中之冻结

今夜，却无端为怨慕而哭了

哭向本来，哭向默默呼唤我的

襁褓一般温暖的现在

哭向你。轴心之内之内

恒醒，而泪眼

恒向暗处远处亮的

.

在你的睫下。在苍翠摇曳的

百草头上。母亲啊

是什么？ 使你的孩子，从你的心里分出来的

竟蒙昧如斯！ 竟忘却

你是"一切"的另一个名字。一如我

另一个名字的你

.

曾经且一直是另一个你的我

在若近若远，你的这边或那边

一路走着

一路有天花厚厚的落下来

一九七四年十二月八日

焚

> 人,即使在欢乐中,也不能一直持续
> 他的沉醉;那时,他就思念痛苦了。
>
> ——戈耶

曾经被焚过,

在削发日

被焚于一片旋转的霜叶。

美丽得很突然

那年秋天,霜来得特早!

我倒是一向满习惯于孤寂和凄清的;

我不欢喜被打扰,被贴近

被焚

哪怕是最最温馨的焚。

许是天谴。许是劫余的死灰

冒着冷烟。

路是行行复行行,被鞋底的无奈磨平了的!

面对遗蜕似的

若相识若不相识的昨日

在转头时。真不知该怎么好

捧吻,以且惭且喜的泪?

抑或悠悠,如涉过一面镜子?

伤痛得很婉约,很广漠而深至:

隔着一重更行更远的山景

曾经被焚过。曾经

我是风

被焚于一片旋转的霜叶。

闻雷

顿时。信宿于我耳中眼中的夜夜
轰然,已碎为琉璃。

几无地可以立锥,无间可以容发;
杀死。而又
杀活。这静默!
奔腾澎湃的静默
不见头,不见尾,无鳞亦无爪的静默
活色生香,神出鬼没的静默

喔——花雨满天!
谁家的禾穗生起五只蝴蝶?
当群山葵仰,众流壁立

当疾飞而下的迦陵频迦

在无尽藏的风中安立、清睡:

是谁? 以手中之手,点头中之点头

将你:巍巍之棒喝

擎起。更纤毫无须着力!

当一片雪惊异于自身的一片白

而不见了名字:

就在"不见"的睫影深处,定知

有颗微笑在你微笑里的深黑的眸子。

蜕
——兼谢伊弟

谁知? 我已来过多少千千万万次
踏着自己:累累的白骨。

久久溯洄不到
来时的路。
欲就巍巍之孤光,照亮
远行者的面目之最初
而波摇千里,风来八面
未举步已成乡愁。

由桑椹到桑树
复由桑叶到茧——

去，带着泪珠一串

回来，更长的一串。

用伞撑起一个雨季

孰若用雨季：更长更湿更苦的

撑起一把伞。

当我醒自泥泞的白天，发现

泥泞却在自己的这边。

门前雪也不扫；

瓦上霜也不管。

春天行过池塘，在郁郁的草香

蜻蜓吻过的微波之上

匆匆的，打了一个美丽的环结，之后

忽然若有所悟

直向不曾行过的行处歇去……

明年髑髅的眼里，可有

虞美人草再度笑出？

鹭鸶不答：望空掷起一道雪色！

积雨的日子

涉过牯岭街拐角
柔柔凉凉的
不知从哪儿飘来
一片落叶——
像谁的手掌,轻轻
打在我的肩上。

打在我的肩上
柔柔凉凉的
一片落叶
有三个谁的手掌那么大的——
嗨!这不正是来自缥缈的仙山
你一直注想守望着的

十三朵白菊花

那人的音息?

无所事事的日子。偶尔
(记忆中已是久远劫以前的事了)
涉过积雨的牯岭街拐角
猛抬头! 有三个整整的秋天那么大的
一片落叶
打在我的肩上,说:
"我是你的。我带我的生生世世来
为你遮雨!"

雨是遮不住的;
秋天也像自己一般的渺远——
在积雨的日子。现在
他常常抱怨自己
抱怨自己千不该万不该
在积雨的日子
涉过牯岭街拐角

一九七五年十一月十七日

第九种风

菩萨我法二执已亡,见思诸惑永断;故能护四念而无失,历八风而不动。惟以利生念切,报恩意重,恒心心为第九种风所摇撼耳。八风者,利衰苦乐毁誉称讥是也;第九种风者,慈悲是也。

——《大智度论》

那人在海的漩涡里坐着——

有风从海上来
近的,远的;咸的,涩的;
睫下挟着没遮拦的蛇鞭
眉间点着圆小而高且亮的红痣的;
捧着自己的脚印死吻

不见庐山,只见庐山的云雾的……

那人在海的漩涡里坐着——

寂寞得很广大,缥缈得很绵密:
那人,那俯仰在波上波下的星影
无眠的眼睛
谛听着。在经纬的此端或彼端
在掌心无穷无际的汹涌之中
可有倾摇着,行将灭顶的城市?

那人在海的漩涡里坐着——

或然与必然这距离难就难在如何去探测?
有烟的地方就有火,有火的地方就有灶
有灶的地方就有墙,有墙的地方就有
就有相依相存相护相惜相煦复相噬的唇齿——
一加一并不等于一加一!
去年的落叶,今年燕子口中的香泥。

那人在海的漩涡里坐着——

在迢迢的烛影深处有一双泪眼
在沉沉的热灰河畔有一缕断发
呼号生于鼎镬
呻吟来自荆棘……
而欲逃离这景象这景象的灼伤是绝绝不可能的!
恒河是你;不可说不可说恒河之水之沙也是你。

不必说飞,已在百千亿劫的云外。
谁出谁没? 涉过来涉过去又涉过来的
空中鸟迹。第几次的扶摇?
鹭鹚又回到雪岭的白夜里了!
曾在娑罗双树下哭泣过的一群露珠
又闪耀在千草的叶尖上了!

那人在海的漩涡里坐着——

有风从海上来。

将自己举起。好高的浪头!

风于风和不风于风的

这同一只手。温柔里的温柔

君知否? 终有一日。喔! 这种种不同面目的风

都将婵娟为交光的皓月。虽然

那人在海的漩涡里坐着——

附注: 娑罗双树为世尊入涅槃处。

好雪！片片不落别处

>　　一切从此法界流，一切流入此法界。
>
>　　　　　　　　　　　　——《华严经》

冷到这儿就冷到绝顶了
冷到这儿。一切之终之始
一切之一的这儿

　　　　＊

我们都是打这儿冷过来的！
（好薄好薄的一层距离）
匆匆啊，已他乡了
且已不止一步了的

匆匆的行人啊

何去何从？这雪的身世

在黑暗里，你只有认得它更清

用另一双眼睛。

*

生于冷养于冷壮于冷而冷于冷的——

山有多高，月就有多小

云有多重，愁就有多深

而夕阳，夕阳只有一寸！

*

有金色臂在你臂上扶持你

有如意足在你足下导引你:

憔悴的行人啊！

合起盂与钵吧

且向风之外，幡之外

认取你的脚印吧

　　　　*

往日的崎岖,知否?
那风簑雨笠,那滴滴用辛酸换来的草鞋钱
总归是白费的了!
路,不行不到
行行更远
何日是归? 何处是满天
迎面纷纷扑来的鹊喜?

　　　　*

"风不识字,摧折花木。"
春色是关不住的——
听! 万岭上有松
松上是惊涛;看! 是处是草
草上有远古哭过也笑过的雨痕

　　　　　　　　　一九七六年二月十六日

灵山印象

尔时世尊在灵山会上拈花示众,众皆默然,惟迦叶尊者破颜微笑。世尊曰:"吾有正法眼藏,实相无相,不立文字,教外别传;付嘱摩诃迦叶。"

——《指月录》

一片一片又一片,四片五片六七片,

八片九片十来片:飞入梅花都不见。

——逸名《咏雪》

一眼就不见了!

寒过,而且彻骨过的

这雪花。就这样

让一只手

无骨

而轻轻浅浅的

拈起——

雷霆轰发

这静默。多美丽的时刻!

那人,看来一点也不怎样的

那人,只用一个笑

轻轻浅浅的

就把一个笑

接过去了……

一九七六年二月二十三日梦中作

雪原上的小屋
——师玄贺年卡速写却寄

高处是一小块低柔而不说什么的

咖啡色的天空

之外就全包裹在厚厚的奶油色的下面

只有母亲的襁褓

才能体会的

雪的下面

有枝而无叶

也不晓得从哪儿飞来的三棵树

随意各自选定一个位置

不太远也不太近的

便悄然站在那里

谁也不嫌弃谁

而在天空与地面的黏合处

参差着一份两份人家

他们住屋的一小半全坐在雪里

而屋顶上有囱,囱上有烟

袅袅的奶油色

欲舒还卷

蝙蝠的翅膀似的

诸神默默

只有那三棵树的影子

微弯而不认命的

三棵树的影子

穿过那路

向那边,没人走过的

那边的那边

一九八〇年元月五日

胡桃树下的过客

从此那棵胡桃树就没有结过胡桃。
那说故事的老者说——

我想我永不会再遇到第二个
像他那样怪诞的人:
他仰着天,背胡桃树而立
一副无可无不可冷漠而又宽闲的神气
仿佛有始以来他一直就立在那儿
仿佛胡桃树是他底母亲
他是曾经走过好多好多路
却从不曾离开母亲一步的孩子。

现在奇就奇在这里

他是谁? 他打什么地方来的?

苍蝇底肉有什么好吃?

是的。苍蝇底肉!

我亲眼看见他把一只一只又一只

胡桃般大的苍蝇

(当它们呼啸着掠过他头顶时)

随手拈过来津津有味地嚼着

而将斑斓的翅膀如枯叶

散掷在脚下红尘中……

现在奇就奇在这里

当他去后:满树累累的胡桃不见了

胡桃树下却兀自拥挤着累累的张着怪眼睛瞅人的

胡桃壳儿。

漫成三十三行

门是开着的

这夜。这夜的温柔的心

也是开着的

一切都似乎是理所当然

景未必美,辰未必良

也无所谓奈何不奈何

那人的眼里亮着一茎枯荷

仿佛有雨声

迟疑,断续

响在隔墙没有耳朵的

窃听之上

短短复长长

一只比一只瘦而疾蹙

病蜗牛的触角似的

这分秒。忽然改换了　一向的步调——

只要眼下这一刹那好就好!

长河渐落。至于为什么

天缺东南,地陷西北

此际,已无暇去穷究

蹑着来时的脚印往回走

愈走愈远愈高愈窄愈冷愈穷愈歧愈出

愈想哭,而愈窘愈急

愈西风吹泪难入……

就这样,便五百世了!

勇于血凝血散的蛱蝶

而怯于蜻蜓不经意的一掠

在藕红深处,佛手也探不到的

藕孔的心里——

藕丝有多长

人就有多牵挂多死

那人的眼里宿着满十二个荷塘的雨季

雨季过了,他就化为苍藓

化为荷茎下辗转复辗转的香泥

一九七八年一月二十三日

空杯 并序

一九七四年农历元旦,与徐进夫居士偕往南师怀瑾家拜年。中午,师留饭,并举酒命饮。余惶恐起立,双手捧杯,一仰而尽。师问:"酒味佳否?"应曰:"甚佳!"师仰天轩渠,同座诸友亦相视而笑。余还座,见杯中绿影摇漾,倾侧皆满,竟未损一滴。始悟知其为空杯也。

投四香水海碧琉璃的醉影
于欲飞的杯中——
我的鹭鸶之脚翘跂着惊叹着:
好一片无边浩瀚的绿
而愈仰愈高,愈渴愈难的泪眼啊!
眼是耿耿而永远醒着又睡着的。

许或有风,但不是从冷热来

许或有雾如圆光

溶溶,而柠檬黄的

涌现于何人,劫前劫后

平满的顶上?

从不识饮之趣与醉之理;

在举头一仰而尽的刹那

身轻似蝶,泠泠然

若自维摩丈室的花香里散出

越过三十三天

越过识无边空无边非想非非想乃至

越过这越过。……

依旧是青田街;依旧是鼻前眼下

似我还似非我的

这只高脚杯子——

多少护念多少期许都玉暗而珠沉了

在蹉跎复蹉跎的明日之外

枕着朝阳,他存想复存想:
"谁醉谁醒? 如此瘦如此脆薄的
我的喉咙,能吞吐得了这十方虚空不?"

无题

从此你便被那双亮在暗处的谴责的眼神紧紧追着

无事喃喃自语

路在你的脚下愈走愈薄愈瘦愈晦

甚至在你以佛咒掩耳,枕流而卧的刹那

也会萧萧,自每一隙毛孔

飙起一天风唳

从此你便常常

到断崖上,落照边

去独坐。任万红千紫将你的背景举向三十三天

而你依然

霜杀后倒垂的橘柚似的

坚持着:不再开花

绝前十行 附跋

春天缘着地下茎的脉搏袅袅上升

一直升到和自己一样

不能再高的高处

嫣然一笑

就停在那里

没有谁知道甚至春天自己也不知道

为什么,如此痴痴

浪费她的美;

乃不知有摇落,更无论

美人的娇眼与采摘

  一九七九年除夕。梦至一废园。荒烟蔓草中。

见紫花一茎犹明。低回沉吟。得诗四节二十行。醒而仅忆其后半。每欲足成之。苦不就。恨恨而已。

十三朵白菊花
——附小序

一九七七年九月十三日。余自善导寺购菩提子念珠归。见书摊右侧藤椅上,有白菊花一大把:清气扑人,香光射眼,不识为谁氏所遗。遽携往小阁楼上,以瓶水贮之;越三日乃谢。一九七八年一月廿三日追记。

从未如此忽忽若有所失又若有所得过
在猝不及防的朝阳下
在车声与人影中
一念成白! 我震栗于十三
这数字。无言哀于有言的挽辞
顿觉一阵萧萧的诀别意味

白杨似的袭上心来;

顿觉这石柱子是冢,

这书架子,残破而斑驳的

便是倚在冢前的荒碑了!

是否我的遗骸已消散为

冢中的沙石? 而游魂

自数万里外,如风之驰电之闪

飘然而来——低回且寻思:

花为谁设? 这心香

欲晞未晞的宿泪

是掬自何方,默默不欲人知的远客?

想不可不可说劫以前以前

或佛,或江湖或文字或骨肉

云深雾深: 这人! 定必与我有某种

近过远过翱翔过而终归于参差的因缘——

因缘是割不断的!

只一次,便生生世世了。

感爱大化有情

感爱水土之母与风日之父

感爱你！当草冻霜枯之际

不为多人也不为一人开

菊花啊！复瓣，多重，而永不睡眠的

秋之眼：在逝者的心上照着，一丛丛

寒冷的小火焰。……

渊明诗中无蝶字；

而我乃独与菊花有缘？

凄迷摇曳中。蓦然，我惊见自己：

饮亦醉不饮亦醉的自己

没有重量不占面积的自己

猛笑着。在欲晞未晞，垂垂的泪香里

折了第三只脚的人

你笑,世界都应和着你笑;

你哭,就只剩你独自去哭。

—— Ella Wheeler Wilcox

走在他的前面:

他被他的影子牵着,遮着。

每一举步都万分委曲艰苦似的;

看哪! 他几乎什么都没有穿

什么都没有穿

甚至皮肤、毛发、血液、声音……

他是谁? 何处是他的东西南北?

鼻孔仰在背上，眼皮垂在地上

昙或风，咸或涩

去年的鞭痕，明日的呻吟

以及泾浊渭清

弥勒几时下生等等

都似乎与他无关。他自己

也与他无关。

缧绁的日子，自胞胎开始！

抗议：用脐和肘

切齿：用无奈

体内之风与体外之风一般的寒冷

在未识歧路之初，已先识哭泣。

诸佛束手。自从他在镜中亡失了眼目；

而在一次蹉跌中

断折了他的第三只脚。

一向睡得最深，飞得最稳，立得最高的：他的

第三只脚。他不懂

何以竟雄毅如彼？而危脆如此——
一折，永折！而且折时：不闻有声
不见有血……

注：第三只脚，喻情志或神识。吾人进退行止虽以足，而所以进之退之行之止之者非足。《庄子·天下篇》述惠子之言曰："鸡三足。"义本此。

再来人

　　举世皆笑,我不妨独哭;
　　举世皆哭,我何忍独笑——你说

怀着只有慈悲可以探测的奥秘
生生世世生生
你以一片雪花,一粒枯瘦的麦子
以四句偈
以喧嚣的市声砌成的一方空寂
将自己,
举起。
在禅杖与魔杖所不能及的上方
在香远益清的尘中
一朵苦笑照亮一泓清晓是你静默之舞蹈

在倏生倏灭的

足音与轮影中

不离寸步

与希微踵接。

长于万水千山而短于一喝!

在永远走着,而永远走不出自己的

人人的路上——

不见走,也不见路

只有你! 只有你的鞋底

是重瞳

且生着双翼。

为一切有缘而忍结不断

为一切有缘

你向剑上取暖,鼎中避热。

且恨不能分身

如观世音

为人人

渴时泉，寒时衣，倦时屋，渡时舟，病时药……

凡播种毒芹草的，他年
终须收获毒蛇。
你说。天是鸟画出来的。
今日之你：来自孤山之苍翠的；仍将孤起为
苍翠之明日。
碧莲有眼；白发无根。解铃在你
系铃也在你。

而你在何处？
宛如一面镜子，呼唤
另一面镜子
从世尊自菩提树下起
到灯火阑珊，相对无语的此时——
你在何处？你，未波之水
弦前弦后之月色

常时像等待惊蛰似的等待着你

深静的雷音。而且坚信

在转头,或无量劫后

在你影入三尺的石壁深处,将有

一株含笑的曼陀罗

探首向我:传递你的消息

再来的。

附白:伊弟赠诗。戏取渊明自挽笔意,为损益而润
　　　饰之。若自誉,而实自嘲也!

一九六七年二月二十二日

回音
——焚寄沈慧

> 欲倩夜色,火光与海风。诵与
> 新以血癌谢世的,C的
> 清冽的精魂听。

太阳还没出来
就落了。
与水晶同其明慧的人啊,笑吧
笑笑总是好的:
不见今日之断柯
曾是昨夜盛开的蔷薇?
枯藤绕枯树之枯枝而驰;
幽明共此时

顾影凄迷：蝴蝶傍着

亡唇之齿。

愁重欢小。

早夭的秋，埋在阶前落叶的影下。

啊，有目皆瞑；

除了死亡

这不死的黑猫！在在

向你定着兀鹰的眼睛。

痛心，疾首；惨白而摇曳！

你是被遮护着，忍泪未灰的风烛

照不见前路。照不见：

甚至那手。擎着你的，那拳拳的温柔

怎么走，也走不出自己一步。

沉沉着，欲覆压而下

无缝塔似的

这天色！比无内之内更小的囚狱——

我欲惊呼；有回声如鹭

在我膏肓之间明灭。

冷！十面埋伏的冷：

空与水，火与风

从髓到骨；从露重霜高的乌啼

到松楸的萧瑟

过去时即现在时，现在即未来。

死至易，而生甚难：

昼夜是以葵仰之黑与鹃滴之紫织成的

重重针毡。若行若立，若转若侧

醒也不到彼边

梦也不到彼边

哀怜在近近远远处红鸰似的

招展着它的翎翅；

我心已化石。谁能嘘吹？

除却那云外的雁字

最难堪!是空着手来仍不得不

空着手离去:

多屈辱的浪费!

十九年的风月竟为谁而设?

袅袅此魂,九十日后

将归向谁家的陵寝?

天门开在高处。

天门。潮湿,寥寂而冷且窄的

天门。必须将影子漂白,削薄,压扁

才眉眼暂得一亮的

天门。不敢仰问

九曲的回肠是否抵得

一顾的甜蜜?

望断已成独往。纵使沧海之外

更有沧海;渺渺愁予

难为前水。

"你心在哪里,你就住在那里。"
美丽而无用的逻辑:
天已非。地已非
人已非。心虽欲住

而那里在哪里?
眼前一刹那足下一寸土是我草草之所有
此生已了,余生未卜
因之兰,絮之果
觌面不逢。救苦寻声
孤负千眼千手。

如果从来就没活过多好!
你说。如果宇宙的心
是水铸的。如果人人都是莲花化身
没有昏夜;没有怨憎会,爱别离,求不得

附录：

回音 沈慧遗作

　　压迫着我的，到底是我的想要外出的灵魂呢？还是世界的灵魂，敲着我心的门想要进来呢？

——泰戈尔

我已死去，而且不止一次的。

曾说：当那样的事实来临时，她不会哭；只是她会变得很冷，很冷。

我了解：我就是那样死去的；活活被冻死的——被自己，也被他人。

死在冷酷里。而且连最后的呐喊也将被迫回自己的喉咙。

我的命运就在这一病决定了！

他们都明白这是无可挽回的事实；而我也明白。

那个长得像尼克松的教授就是我生命的全权者。可惜，他能掌握的只是我的躯体，我的变质的血液。

他的话是铁证，他的摇头是我的死刑。

我并不怕死，只是怕失去某些比生命更重要的！

我无法承受病痛，而我更无法承受一无所有的离去。

而我几乎一无所有的离去。

一个必须藉着温情才能生存下去的生命终归是要心碎的！

我是绝望了。每一个等待的日子都使我满腹的热情逐渐逝去。两年的恋情就死在这一病里。总以为我会不同于一般的同病人；我将有一个和他共有的美丽未来。自去年三月我骤然得病住院一直到他七月登机越洋的那段幸福的日子里，我的挚爱使我忽略了那最现实的问题。

一切就是那样的结束了。

不来信，似乎是大家意料中的事，除了我之外。我绝不能忍受这个事实：在我最需要依恃的时候竟弃我而去；爱情真是那么不堪一击吗？我多么希望在他犹未离去时，死去。

我渴望死。

在自囚的那一段日子里，我讨厌见任何朋友，我讨厌她们对我的哀怜。我曾经是同学中最令人羡慕的；但现在我不仅失去健康，又失去了D。我嫉妒她们充实的生活；我什么也不能做，除了无尽的情苦……。即使面对着最知己的好友也似是两个不同世界的人；她们是再也无法了解我了！

当爱情、友谊、健康失去时，我是一个疯狂的自虐者。

我不再遵从医生的指示吃药；服药的副作用曾使我变得丑陋；虽然明知未来是一团漆黑，既无可期待，又何须珍惜？然而，我那无可理喻的好胜心却不容许我失去一向的美丽。瞒着家人、朋友，我偷偷的丢去每日不可或缺的药物；计日以待那臃肿畸形的脸恢复正常。

一个夏季就那样过了；我又开始一般少女多彩多姿的生活。没有人看得出我是个病人，而我的情况也一直良好。我应邀任何一个不讨厌的约会；一心只想充分利用每一分钟享受，以弥补过去所受的不幸。对于那些追求者我不屑一顾；我深信他们的热情终有一天因知我有病而消失的。

生活虽是放荡，但日子总是好打发的。至少我不再惦记着这病，也不再想到以往。直到……啊，但愿我根本不认识他——那个国籍越南的G。

在我上夜班那一个月里，每晚十一时，他总是在公司门口等着接我回去。他是我病后唯一能倾谈的朋友，我那不规律的生活也因他而改变了许多；我很高兴有一位坦诚的异性朋友，只是我希望那是一种很纯挚的友谊。但那一晚，那个我永不能忘怀的晚上：如往常，下班后在玫瑰餐厅里，沉默了许久：忽然，他说："你知道，再一个星期我就要回去了！"我看了他一眼，没出声。"有许多事可能表示的太突然，但我只有这几天的机会了……"不要说了！我在心里喊着。这无可避免的终于来了！我该怎办？避开他那祈求的目光，我把眼睛定定的望着台上那位唱着Yesterday的女孩。就在那令我黯然的曲子里，我告诉了他一切。

多么苦涩的一晚！我知道一切是该结束的时侯；虽然他说无论如何要争取到底。第二晚，他仍等在公司门口；我像贼似的偷偷上了交通车。第三晚第四晚第五晚，也一样。终于，他知道我在避着他。在他临走的前一晚上，快下班时他上了楼、看到他，我几乎吓呆了，没有考虑的，我匆匆下了楼叫了车子，回头一看，他正站在雨中。之后，我托人辞去了工作。

我实在不忍伤害他，我懂得那份失落的痛心；但我们是永远不能交织的两条平行线。梦落之后，我仍是个固执的傻子；我情愿肩负着对D的痴情一辈子。决不容许任何或大或小的风吹入我的心扉。

秋是那么快的过了！我一直没快乐过；孤独而落寞的存在使我厌倦，每周一次的复诊使我厌倦，我真是活的很腻、很腻了！即使比三个月再短再短一些，我也丝毫无所沾恋和顾惜了。当我再度住进这令我深恶痛绝的医院时，他们都说那是我仅有的日子。在那样短促的日子里，他们能为我做些什么？而我又能要求他们为我做些什么？我曾经希望不顾一切只求再见D一面；但他有一位很会为儿子前途打算的父亲，而我又有许多不屑于他底为人的朋友，那样的渴望是可笑的，虽然那是我唯一的渴望。

令我痛心的何止是这？病房的日子是多么难挨！白天我手腕滴着盐水，渴望朋友出其不意的来看我，夜晚我睁着眼听野猫在呜咽，我想到死亡，想到坟场……。我孤寂而病苦,而别人正享受他们的青春,我怎能心安理得,坦然于这一切的不平?

所以我做了那个决定。——当我偷偷下了楼,而家人看电视的喧笑声犹依稀可闻时就毫不迟疑的叫了车子,驰向这布满巨石的溪边。坐在大岩石后,我知道一切即将如溪水般流去;在逐渐加深的暮色里,我缓缓的阖上眼。

可是我没有死。命不该绝的被送回来之后,我只是死了一颗心,一个灵魂。——我是更沉默了! 我该说些什么又能说些什么? 难道要我告诉他们"你知道吗? D的负情使我失望;冬阳似的只有光而没有热的友谊令我失望;无法痊愈的病体使我失望?……"

有些话说了又能怎样? 就像我一味的想死而实际上是无法解决问题的。别人并没有分担你不幸的义务;痛苦或死亡那全是你个人的事。——似乎没有人很在意我那么做,也许还有人默许着,大约谁都会厌弃这样的生命的!

即使你厌弃,别人也厌弃了,而这场辛涩的戏还得继续演下去的。经过一阵疲倦的麻木和清冷的安息之后,居然,奇迹似的,五十天后,我出院了! 我并不很为此欣喜,但我已知道该如何珍惜这次的复生了!

若非那一连串的苦涩使我长大，否则我将永远不会明白什么是"生活"。在那逝去的日子里，我抱怨上帝的不平，感叹自己的不幸和嫉恨别人的欢乐。我无动于衷的被母亲服侍了一年而不知感恩；我荒废了宝贵的时间而自以为理所当然……。我不懂得"脚踏实地"的真义；我的愤世只有一个结果：自毁！

该庆幸我不再是个不会哭也不会笑的傀儡，也不再是只懒散的寄生蟹了！虽然目前的情况令我担忧。虽然那高量的药物又将使我畸形。但这一切不再令我颓丧，这只是一个过渡时期，我有无比的毅力承受任何磨难。我深信我会有一个充实的未来。明日若不美好，我仍有下一个明日。只要我仍存在着，终有一天，我定能得到我要得到的；终有一天。

本文作者沈慧。十九岁。本市人。稻江女中卒业。去年三月。以血癌。就医台大医院，与主治杜姓青年医师（按即作者笔下之Ｄ）相爱悦。誓同生死。未几。杜飞美。一去无耗。女萦思苦切。沉绵百二十余日。终以不起。初。医判言。仅得九十日可活。女知之。爽然若无所容心。唯情人以二事乞情于杜之父母。愿于殁后托名为子妇。并促杜归为最后别。

然都未蒙矜许。女至是望绝。唯张目以待死神之召唤而已。撒手前十日其挚友慧美曾君。曾与携手枉顾于街头。谛审其人。虽瘦不盈掬。而双眸莹澈。动转有神。应对亦迅捷清峻有奇致。心窃喜慰。信其康瘳有望。临行。购哭墙一册。余则以心经观音灵异记附赠结缘。互道再见。嗟嗟。乃不图一见而不得复见也。又据曾云。女于去时。其父若母并诸友好皆环泣。而女独凛然。顾谓众曰。人贵自决。各适其适。吾作之。吾自能受之。何用其恻恻为。此稿。即当时于枕下出以付曾。曾复转以授余。嘱为绍介发刊者。夫生死惨怛危乱之际。最足以觇人之识力与定力。来去分明。安详舍报。纵一生兢兢修持有素之古德。或亦未必尽能。而女乃以小年不学能之。故吾意女殆有凤根者。偶为情牵。暂堕人间耳。庚戌孟冬于台北。梦蝶谨赘言。

卷二　登楼赋

命则处幽,吾将罢兮:愿及白日之未暮!

　　——《楚辞·九章之六》

想飞的树

据说：每一棵树的背上

都有一尊十字——

用冷冷的时间与空间铸成

拘系着我和你，像镣铐

却又无影无声的。

从破土的一刹那，无须任何启示

每一棵树都深知，且坚信自己

会飞。虽然，像所有的神迹一样

每一棵我和你

都没有翅膀

如果每一棵树皆我，我皆会飞，想飞

飞到哪里?

那十字:冷冷的,与我相终始的十字

是否也会飞,想飞

飞到哪里?

所有的树,所有的我——

唉,所有的点都想线

线都想面,面都想立体

立体想飞

飞想飞飞

一直飞到自己看不见自己了

那冷冷的十字,我背负着的

便翻转来背负我了

虽然时空也和我一样

没有翅膀

荆棘花

本来该开在耶稣的头上的
却开在这里

每开必双
愁惨而闪着异光
是赴死前那人
眼中的血吧?

血有传染性的——
红过,只要有谁曾经
耿耿,向人或背人的
红过;这泪光
孤悬于天上的

终将潺湲,散发为天下

无尽止的仰望

直到有一天这望眼

已彼此含摄;直到

天上的与天下的

已彼此成为彼此:

不即不离,生于水者明于水

      一九八〇年十二月廿五日于内湖

牵牛花

一路熙熙攘攘牵挽着漫过去
由巷子的这一头到那一头

少说也有八九百上千朵之多吧?
昨晚放学回家时还没个影儿
今天抓起书包刚一跨出门
便兀自豁破朝阳金光明的眼睛

曲调是即兴而颇为 Wagner 的:
一个男高音推举着另一个
另一个又推举着另一个
轰轰然,叠罗汉似的
一路高上去……

好一团波涛汹涌大合唱的紫色!

我问阿雄:曾听取这如雷之静寂否?

他答非所问的说:牵牛花自己不会笑

是大地——这自然之母在笑啊!

      一九八二年四月四日于外双溪

目莲尊者

心连着心:
儿子和母亲。

寸草的号泣如何抵得
如年三万六千日?

稽首南海何处?

知否? 这儿才一瓣白莲开,
那儿已纷纷
罂粟谢!

辛酉中元节前夕

耳公后园昙花一夜得五十三朵感赋

月之晕,鹅之吻,柳之新

不向日而向夜

凫葵之另一种心情

不属于任何季节的

色与香。让人惊叹也来不及

惆怅也来不及

一笑更不复笑的

昙花啊。你在哪里?

未开之先,与

既凋之后,乃至

在声声如蚕吐丝,蜂酿蜜

徐徐展瓣之当时

或无须种种节外枝之剖析

凡有舌与鼻的

都听得十分真切——

一现永现！像善财

于一弹指间

已美丽的完成了他的五十三参

震异于掌中这无香之香非色之色

铿然，一个警句自眼底

冷豆一般爆开：

"去去！莫流连

你既非作者，我也不是谁的

无中生的灵感。"

附注：尔时善财童子悟根本智已，受文殊教，复向南游，历百一十城，参访五十三位大善知识，分别门庭，一一透过。见《华严经》。

又：耳公，版画家陈庭诗别号之一。

四行 一辑八题

零时

不必说有光
光已有了

那人一向安息
自一至六日

零时一秒

白黄紫旃檀之香
都从天外来

眼耳都醉了

在普薰的玄义里

风荷

轻一点,再轻一点的吹吧

解事的风。知否? 无始以来

那人已这儿悄然住心入定

是的,在这儿,水质的莲胎之中。

雨荷

雨余的荷叶

十方不可思量的虚空之上

水银一般的滚动:

那人轻轻行过的音声

泽畔乍见萤火

何其愁惨而微弱的闪烁
有火还似无火
尽依草绕篱而飞
却总飞不到陶隐居的眼底

夜登峰碧山俯瞰台北

无端足下乃涌起千灯
一灯一佛眼
盈耳是梵呗,飞瀑与鸣蝉
了不识身在天上,人间

火与雪

急骤而幽微的剥啄声
自夏徂冬,恼断人肠子的

我欲夺门而出,闪避

这孪生的两姊妹!

水与月

环珮锵然! 这万方的天乐

怎不见有花雨,或璎珞飘坠?

是水到月边,抑月来水际

八万四千偈竟不曾道得一字

密林中的一盏灯
——致胡慧慧代贺卡

假如我有一双夜眼

镶嵌在时间无穷的背面

世界在我的眼前走过

 我在我的眼前走过

我看得见他们

他们却看不见我

他们看不见我

  我也看不见我

隔着一层横膈膜似的黑水晶

  黑水晶似的一层横膈膜

仁者啊！我不知道你会不会觉得浪漫
恐怖，悲哀而寂寞？
假如，假如你也有一双夜眼
至幸，或至不幸的被隔离在
无穷的过去和无穷的未来
的背面。看！
世界在你的面前坐着
  你在你的面前坐着
你与你与世界天天面对面
他们却从来看你不见

九宫鸟的早晨

九宫鸟一叫

早晨,就一下子跳出来了

那边四楼的阳台上

刚起床的三只灰鸽子

参差其羽,向楼外

飞了一程子

又飞回;轻轻落在橘红色的阑干上

就这样:你贴贴我,我推推你

或者,不经意的

剥啄一片万年青

或铁线莲的叶子

犹似宿醉未醒

阑阑珊珊，依依切切的

一朵小蝴蝶

黑质，白章

绕紫丁香而飞

也不怕寒露

染湿她的裳衣

不晓得算不算是另一种蝴蝶

每天一大早

当九宫鸟一叫

那位小姑娘，大约十五六七岁

（九宫鸟的回声似的）

便轻手轻脚出现在阳台上

先是，擎着喷壶

浇灌高高低低的盆栽

之后，便钩着头

把一泓秋水似的

不识愁的秀发

梳了又洗,洗了又梳

且毫无忌惮的

把雪颈皓腕与葱指

裸给少年的早晨看

在离女孩右肩不远的

那边。鸡冠花与日日春的掩映下

空着的藤椅上

一只小花猫正匆忙

而兴会淋漓的

在洗脸

于是,世界就全在这里了

世界就全在这里了

如此婉转,如此嘹哓与真切

当每天一大早

九宫鸟一叫

叩别内湖
——拟胡梅子

即使早知道又如何?

那心情,是哪吒的心情
花雨满天,香寒而稠且湿
拂不去又载不动的
那心情,是哪吒的心情
向佛影的北北北处潜行
几度由冥入冥

何不都还给父,将骨;
而肉都还给母?

十三朵白菊花

那时——再回头时

将只剩这袭荷衣,只剩

手之胼与足之胝

乾坤圈和风火轮了

难就难在"我"最丢难掉

一如藕有藕丝,莲盅盛着莲子

更无论打在叶上,梗上

那一记愁似一记

没来由,也没次第的秋雨

一九八一年九月三十日

卷三　外双溪杂咏

春风不到处,枯树自生花。
　　　　　——八指头陀

疤
咏竹——致老K

常听你最知己的

风雨说:

你身上的每一环节

全是疤。痛定的泪与血

一度被腰斩的

抚今追昔

昔日之日犹今日之日

今日之日却迥异于昔日

一痛,永痛!

结一次疤等于

饮十次刃,换百次骨

轮千次回。

而你的风雨最最知己的又说：
活着就是痛着！
疤结得愈大愈多
世界便愈浩瀚愈巍峨愈苍翠
而身与天日愈近
心与泥土愈亲

在可以无恨的
感激之夜。你为自己的成长而俯仰
而悲喜而萧萧瑟瑟
咏怀诗成时
连拈断在夫子肩上的叶影
都是湿的，热的，绿的

一九八五年愚人节前一日

白西瓜的寓言
——赋得下弦月

只有瓤；

无子，亦无皮

且永不变味

也不必经历抽芽开花的过程

也不晓得是谁下的种

刚一想到爱与被爱

那不能自已的美与渴切

白西瓜。惟一的这颗

白西瓜

便不能自已的

熟了

是圆满，招来了缺陷？抑或造物

嫌忌太亮与太白？

经过不可说不可说劫的磨洗与割切

多么可怜！而今只剩

只剩千万分之一的一瓣了

千万分之一的一瓣：

薄归薄，

倒从未听见说被谁

一叶知秋的封杀——

除了蟾蜍

这饕餮而无忌惮的

天狗的弟弟

然而然而然而

毕竟毕竟毕竟

还是吐出来了

窈窕依旧，清凉与皎洁依旧

最可口的这边,恰是早年

被齿及的这边

更可惊可怪的是:

得瓜者,复为瓜所得

而成为瓜。成为

可圆可偏可半可千江的传说

附跋:一九八三年秋某晚,石牌访友不遇,归途中,仰见浮云在天,片月微明,因念人世聚散,苦乐得失,或幸或不幸,殆莫不有其必至之势,与当然之理;身其境者,似应以苏氏水月之喻自宽,而初无所用其喜戚耳。又,吾豫有天狗噬日、蟾蜍窃月之说,余腹俭,眇不识其所本,聊以寄意而已。

所谓伊人
——上弦月补赋

清清浅浅的一弯

向上看的蛾眉。

一步一徘徊

一粒埃尘也不曾惊起

如此轻盈,清清浅浅的一分光

虽则只有——

一流盼

便三千复三千了

以合欢的开合为岁。如此

急于长大,又

羞于长大:

从宛转的初啼

到娉婷的二七

靦然一笑,复由二七

回向宛转的初啼

凡有水处都有

清清浅浅的那女子

乐独,而爱

流血。如乳的

白血。但得一滴饮

三千复三千的烦渴

便一失永失

一步一徘徊

一粒埃尘也不曾惊起

这里或那里

只要你笑,你就能笑出

自己的眉目:

从宛转的初啼

到娉婷的二七

从一流盼,到三千复三千

凡有水处都有

凡有水处都有

掬不尽也永远流不完

清清浅浅的

自香寒的彼端

自桂花外

一九八四年十一月十三日

不怕冷的冷
——答陈媛兼示李文

即使从来不曾在梦里鱼过

鸟过蝴蝶过

住久了在这儿

依然会惚兮恍兮

不期然而然的

庄周起来

由于近山，近水近松近月

冷，总免不了有些儿

而冷是不怕冷的！

已三十三年了

的异乡。还有，更长更深重于三十三年

异乡人的孤寂——

冷，早已成为我的盾

我的韵脚。我的

不知肉味的

韶。媚妩

绀目与螺碧……

据说：严寒地带的橘柑最甜

而南北极冰雪的心跳

更猛于欢悦

最宜人是新雨后晚风前

当你曳杖独游，或临流小立

猛抬头！一行白鹭正悠悠

自对山，如拭犹湿的万绿丛中

一字儿冲飞——

冷冷里，若有鼓翼之声来耳边，说：

"先生冒寒不易"

之二

——与江家瑾谈《莎乐美》

呼啸着。挟神惊鬼泣之势而来

这儿的冷

比先知颈上的血还咸而红

且热

你走着。有一条路

无形,荒凉又寂寞

你困苦而颠蹶的走着

在乱云深处。你回头

矍然! 那一程程追蹑而来的背影

竟浓于长于自己

谁非谁是? 我昨我今我未。

风外总有风,耳外有耳

树外云外山外鸟外外外

浩浩渺渺的,这音阶

一阶比一阶高

就像这儿的冷

发自荒古万窍的怒号

天欲使人睿智,必先

必先使人拂逆——

美,恒与不尽美同在!

听月图 附跋

只为伊
单单只为伊而摩顶
而善哉善哉

圆满千二百功德
比层峦,比无穷的碧落
还直而长且高:
伊的耳朵

不安了!
极度欢喜的不安。

雪!

伊想——

肩下一阵痒痒

星星点点的

茁生起无数

梅花的翅膀

谁都听见了!

潺湲而上的石径

鸟和树

齐透明为听觉

为月色自己

听自己的自己

  挚友陈瑛瑛自海外掷来所作木刻"空山寂音"一帧如附图。喜其刀法简峭而富禅趣。爰不避续貂之讥,勉以鄙句二十一行为赞,为答。寒山诗:"吾心如秋月,碧潭清皎洁,无物可比伦,教我如何说!"然则此图之情之意与境,亦惟有此山此涧此鹿此木刻作者知耳。

十三朵白菊花

观瀑图

人未到岩下声已先来耳边
怎样一轴激越而豁人心目的寓言啊
冷过,颠沛且粉碎过的有福了
路是走不完的
一如那泡沫,那老者想:
生灭,灭生,生灭
逝者如斯,不舍昼夜

将所有的踪迹抛却
来此八面都无目可穷的极峰
消魂得很真个,很绝对
那老者,只见灭不见生的那老者
正以寂静谛听

谛听那寂静

那广于长于三藏十二部的妙舌

恍惚间,身轻似叶的那老者

已自高处负手缓步而下

(身后照说该有个琴童什么的

却没有;除了渐去渐远的松风。)

小桥已过了一小半了

桥那边有花,零零星星的

也不知为谁而开

再一转眼,那跳珠泻玉的白练

——那老者惊见:

似已由醍醐而还原为酥为酪为乳之香之味

且没来由的记起某个

细雨檐花落的下午

敛眉深坐的那人

脉脉的为他调牛乳的姿态

鸟道
——谢翁文娴寄 Chagall 飞人卡

背上有翅的人

有福了!

一向为地心吸力所苦

而仰痛了向日葵的脖子的

都说。

小时候

我问燕子

快乐么

他微微一笑

很绅士

又孺子不可教也似的

把尾巴轻轻那么

一甩——飞了

唇上有了短髭之后

快乐么

我很想问苍鹰

而苍鹰在高空

他忙于他的盘旋

  忙于他的蓄势待发

那不可一世的英姿

那钩吻，锐爪与深目

使我战栗

而今岁月扶着拐杖

——不再梦想辽阔了——

扶着与拐杖等高

翩跹而随遇能安的影子

正一步一沉吟

向足下

最眼前的天边

有白鸥悠悠

无限好之夕阳

之归处

　归去

微澜之所在，想必也是

沧海之所在吧！

识得最近的路最短也最长

　而最远的路最长也最短：

树树秋色，所有有限的

都成为无限的了

　　　　　　　　　　　一九八八年一月廿八日

两个红胸鸟

飞过去了,

这两个红胸鸟。

多半聊一些昨日雨今日晴的旧事

一些与治乱,与形而上学无关的——

并坐在隐隐只有一线天的

柳枝儿上,

不期而遇的

这两个红胸鸟:

一渔一樵。

久违了!

山高? 天高? 船高?

一个说。且烟波万里的

扬一扬眉，扑了扑风中

不胜寒的羽翼

山还是山

天空还是谁也奈何他不得的天空

赏心岂在多，一个说：

拈得一茎野菊

所有的秋色都全在这里了

许或由于生怕自己的踪迹被识破

许或负伤的弓月

犹残存着昨夜的余悸

要不，就是为树树愈唱愈苦

愈唱愈不知所云的

蝉声所误，说什么多不如少，少不如无

无不如无无……

终于，飞过去了

摇曳复摇曳

只剩得,只剩得这一线天

不能自已的柳枝儿

守着晨晖,守着

却是旧时相识,这

自远方来的细爪带给他的寒温

真个,和不可说

红蜻蜓

> 为鸳子主持之水芹菜童剧而写；
> 歌诗俱不似，尽心焉而已。愧愧！

吃胭脂长大的。
曾经如此爱自由
甚于爱自己
爱异性
又甚于爱自由
不同的异性
所有的异性

但这已是不晓得多少辈子以前的事了
而今

而今你是

什么也不爱

什么也不爱

而今你是

当然,你依旧依旧

爱雨

爱如丝的细雨

爱细雨中的微风

　微风中的轻盈

当细雨初歇

想必想必你还神往于

两幅奇景——

留得住永恒,留不住这一瞬的

两幅奇景:

晚虹与落日。

当细雨初歇

像蜜月中的小别
　小别后的狂喜:
那晚虹,欲言又止的晚虹
那落日,尽此一醉的落日

毕竟。说来说去
毕竟
你还是你
爱红甚于一切
吃胭脂长大的

之二

吃胭脂长大的!
由上辈子吃到这一辈子
吃到下一辈子
越吃胃口越大
越吃越想吃
越是吃不饱。直到

十三朵白菊花

胭脂的深红落尽

胭脂的滋味由甜

而淡,而酸,而苦,而苦苦

而苦成一袭袈裟

　苦成一阕寄生草,乃至

　苦成一部泪尽而继之以血的

　石头记。

一九八六年一月三十日

蓝蝴蝶

拟童诗：再贻鹭子

我是一只小蝴蝶

我不威武，甚至也不绚丽

但是，我有翅膀，有胆量

我敢于向天下所有的

以平等待我的眼睛说：

我是一只小蝴蝶！

我是一只小蝴蝶

世界老时

我最后老

世界小时

我最先小

而当世界沉默的时候

　　世界睡觉的时候

我不睡觉

为了明天

　　明天的感动和美

我不睡觉

你问为甚么我的翅膀是蓝色？

啊！我爱天空

我一直向往有一天

我能成为天空。

我能成为天空么？

扫了一眼不禁风的翅膀

我自问。

能！当然——当然你能

只要你想，你就能！

我自答：

本来，天空就是你想出来的

你，也是你想出来的

蓝也是

飞也是

于是才一转眼

你已真的成为，成为

你一直向往成为的了——

当一阵香风过处

当向往愈仰愈长

而明天愈临愈近

而长到近到不能更长更近时

万方共一呼：

你的翅膀不见了！

你的翅膀不见了

虽然蓝之外还有蓝

飞外还有飞

虽然你还是你

一只小蝴蝶,一只

不蓝于蓝甚至不出于蓝的

之二

风流,而不着一字的

独身主义者。

被一波高于一波的花气

浇醉,复

浇醒——

定定的飞着

在你的背后

那蓝色:比无限大大,无限小小的蓝色

天空的蓝色

像来自隔世的呼唤与丁宁

母亲似的

恻恻

使你喜惊

偶尔顺着风势
你侧翅而下而上
而几经磨洗与周折之后
崭然！又是一种眉目

身世几度回头再回头？
风依旧
无顶的妙高山
无涯的香水海依旧
风色与风速愈抖擞而平善了
在蓝了又蓝又蓝又蓝
不胜寒的蝉蜕之后
你，你可曾蓝出，蓝出
自己的翅膀一步？

本不为醉醒而设施
也从来不曾醉醒过的天空：

一蓝,永蓝!

你飞,蓝在飞边;

你不,飞在蓝里。

老妇人与早梅 有序

　　一九八二年农历元旦,予自外双溪搭早班车来台北,拟转赴云林斗六访友。车经至善路,驀见左近隔座一老妇人,年约七十六七岁,姿容恬静,额端刺青作新月样,手捧红梅一段,花六七朵,料峭晓气中,特具艳姿。一时神思飞动,颇多感发。六七年来,常劳梦忆。日前小病,雨窗下,偶得三十三行,造语质直枯淡,小抒当时孤山之喜于万一而已。

车遂如天上坐了
晓寒入窗
香影
不由分说

飞上伊的七十七

或十七

只为传递此一

切近

而不为人识的讯息而来：

春色无所不在。

春色无所不在！

老于更老于七十七而幼于更幼于十七

窈窕中的窈窕

静寂中的静寂：

说法呀！是谁，又为谁而说法？

从路的这一头望过去是前生

从那一头望过来

也是。不信？且看这日子

三万六千呱呱坠地的

每一个日子

赫！不都印有斑斑死昨生今的血迹
五瓣五瓣的？

若举问路是怎样走过来的？
这仆仆，欲说不可、不忍亦复不敢
多长的崎岖就有多长的语言——
是的！花开在树上。树开在
伊的手上。伊的手
伊的手开在
地天的心上。心呢？
地天的心呢？

渊明梦中的落英与摩诘木末的红萼
春色无所不在
车遂如天上坐了

除夜衡阳路雨中候车久不至

从来没有如此古怪的安静过

偌大的街道

一向人挤人、车挤车

呼吸挤呼吸、分秒挤分秒

的街道。忽然

被阉了似的

自长沙街

自热雾氤氲的

浴池里走出

穿过昆明街卖糖烧地瓜

老妇人的倦眼

穿过桂林街卖茶叶蛋的

老妇人的倦眼

穿过平交道——

我惊见铁轨在雨中

闪着冷光

忍耐、坚毅而坦荡

义无反顾的

伸向无尽远处

然后,由小南门左转

直奔衡阳路

衡阳路。为各式各样行人的脚而活

使命感极重的——

今夜,却是为谁?

那边㉛路站牌下

一个小妇人

牵着小孩

在等车。却又不像

不像在等:

一派素位、知命的神情

在离我右肩不远的这边
傍二二〇站牌而立
孪生兄弟似的
这两位老者
瘦高,着水蓝长袍
毡帽的顶端
粒粒水银似的雨珠闪耀

时间走着黑猫步子
雨落着。细碎而飘忽
像雪

从来没有抱怨过天气
如果老天爷要下雨
那是因为他要下雨
与除夜不除夜无关

然而我的车

五分钟一班的

我的车

何以如此迟迟

而又迟迟?

好久没有碰到老萧了

那位头发像刺猬阔肩膀短脖子很爱喝两盅的

红脸汉子。一坐进热水池子

便冤声冤气唱叹月儿弯弯照九州的

好久好久没看到他了

也不晓得今夜他在哪儿买醉

雨落着。有一滴没一滴

不动心

的落着

如果有车来

最好㉛先来

然后二二〇

要不，二二〇先来……

说真的！我并不怎样急着要回去

反正回去与不回去都一样

反正人在哪里家就在哪里

此外的一切

一切的一切

一切的一切的一切

都显得很远很远——

是久而敬之的那种远

远天的星光

远山的树色

客厅里珊瑚红的贝壳灯

牙刻的西湖十景

于右老的"风雨一杯酒"

前阳台与后阳台

阳台上的仙人掌

龙舌兰与铁线蕨……

迟迟又迟迟

何以我的车

开向外双溪的?

等。除了等

只有等。

真的！我并不在意等

我已足足等了大半辈子

我熟识等的滋味

等像柠檬热红茶加糖

甜而微酸：

我喜欢等。

我喜欢等。

我已几几乎乎忘记

我在等了

时间走着蜗牛步子

街道是广大、温润而明亮的湿
雨,早已停了

全然没注意那个小妇人还有
穿长袍的那两个老者
是几时走的——
总之,整条衡阳路
乃至全台北市
如今,就只剩我一个人了

远远望见有一双暗红的
失眠的眼
缓缓的
缓缓缓缓的
向我移来——
莫非百分之百这就是驶向外双溪寓所
最最后后一班
我要搭的?

凡事好歹总有个尽头

不晓得等:

这愈饮愈酸的

有没有尽头?

夜有没有?

时间走着骆驼步子

雨,忽冷忽热的

又落了下来

于桂林街购得大衣一领重五公斤

对绝大多数的男子而言,"兼身"是万万有其必要的!若得妻而贤而才且美,则终此一生,将为幸福所浸润;纵使恶星照命,与一所谓鸠盘荼者共枕百年,水滴石穿,她依旧能造就你成为豪杰或哲学家。

——苏格拉底

在颇有希腊哲学风味的雨声

谱成的归心里

疾驰。眼前

和身后的路

就愈来愈宽且愈甜美了

作香灯师十世

才修得独身的自由

读吠陀经千转

才修得独身

且哲学家的自由

但是，要修得兼身

兼身

且不害其为哲学家

唉，那就不晓得要累积福慧功德多少

一簣复一簣的

高蹈而孤飞的羽翼

以戒香定香慧香的粉末

金刚的粉末铸成

纵然你是——

保不定

也有力竭的时候

总不能与飞絮同零落

天涯雨横风急

惨绿六十有六

以春天的醉眼来测量

或者,并不算十分太老

或太小

一一无限好的事物都安立在

一一无限好的所在——

鸟和他的巢

莺花和他的啼笑

有你的,总是有你的

信否? 一瓢即三千

而涸辙之鳞之可哀可乐

凡冷暖过的

应各同其戚戚……

从来早知道的代价最奢侈

岸,一向鲁钝

而水一向不适宜于等待

百年几时？百年三万六千日

四一之春色几时？

独身与兼身

荒凉的自由

与温馨的不自由

争执着。淅淅沥沥

在点滴都很哲学

且希腊的马路上

及时的荒凉，沉重而温馨的不自由

像蜗牛。我觉得

我是负裹着一袭

铁打的

苏格拉底的妻子似的

城堡

行走

之二

只一千一百元就换得一袭

永恒的安全瓣

仿佛中

西方过此十万亿佛土

莲花世界的七宝池

便香远益清的

与我同行复同在了

比六小劫长

　一弹指短——

心开即

花开时

吴又阇尊者曾密密

为我授记

是何因缘而有此世界，此海岛

此市此街此旧衣摊？

风雨来得正是时候

冷，来得正是时候

还有，这一千一百元

扁扁的，含垢已久而

渴欲破壁飞去的……

谁说幸福这奇缘可遇不可求

就像此刻——一暖一切暖

路走在足下如涟漪行于水面——

想着东方过此十万亿佛土

被隔断的红尘中

似曾相识而

欲灰未灰的我

笑与泪，乃鱼水一般相呴相忘起来

附注：经言：西方过此十万亿佛土，有世界名极乐；
此方众生，若有至心称念彼佛无量光寿名者，
虽极罪重恶人，亦得下品下生：于莲胎中，

历时六小劫,花开见佛闻法,悟一切智,住不返转。

又:所购大衣衬底,有墨书"吴又闇"三字,想即此衣最初之持有者。诗云:"岂曰无衣,与子同泽!"思之,不觉莞尔。

又:佛预言弟子他日成道作佛因缘曰"授记"。

卷四　山泉

尔时文殊菩萨告善财童子：
由此向南，缓缓而行，
勿自伤足！

——《华严经》

咏叹调

之一

仿佛被一根看不见的

柔若蜘蛛之丝的什么牵着

那人的瓦钵

砰然

将自己

掷向睡莲睡过

非睡莲也睡过的空中

八方无风

之二

同样的土壤,同样的阳光
同样的
上帝的雨雪和慈悲
何以? 蓼红而芦白
荠甜而荼苦
玫瑰的身上纹着密密的刺

这是可说而不可说的
你的脚印吃着你的
他的脚印吃着他的
鞋子。

之三

那人一边喝酒
　　一边骂酒;

不绝口的骂却又

不停杯的喝——

蹉跎复蹉跎的明日复明日

圆颅方趾的猩猩啊!

之四

总不能让地球

白白的辛苦

总不能让今天

　一生只出现一次的今天

　白白的溜走——

知否? 百年三万六千日

日日二十四小时

他,地球

我们的小兄弟

都是孳孳只为你而朝夕,而转动啊

之五

谁说视一切众生如赤子的慈舟
只渡有缘,
不信功德山王如来的普光
只照高山;

纵目十方三世重重皆无尽!
宁少掌心一角天外天
　荷叶那么大的
　容纳我的蒲团?

之六

谁知此生曾暗饮白刃多少?

　算来那孤悬于
　夕阳影下

枫梢之血：

仅乃晚秋眼中，盈盈

未晞之一滴而已

一九八九年六月于淡水

血与寂寞

1

血与寂寞:
谁大?

那人一度赤足
行过旷野

让蒺藜
一簇又一簇剪不断的温柔
将自己
囚起

且泫然涕出

由于感激

2

说如箭

已是太迟了

当归心在雨夜

在不管人死活不死活的车窗外

远远瞥见

那边

谁家顶楼的窗帘上晕着

一盏灯

忐忑

而柠檬黄的

3

小麻雀儿们一觉醒来

连眼睛都来不及揉

便啁啁啾啾

呼朋引类

你早我早的

寒暄起来

我也跟着醒来

且立即受到感染

而迫不及待,穿过七楼

那厚厚的铁墙和冷冷的窗玻璃

加入了他们

寒暄的行列

却万万料想不到

(实在实在非常抱歉)

我的言语

我的寒暄

字字从肺腑流出来的

他们却都听而不见

4

窅然！不知老之已至的

初生之犊

不惜与昨日之我为敌

翅虽有却不胁

便轻手轻脚

下楼

一转身

已蝉蜕复蝉蜕为

八万四千顷的风雨

5

世界真大

曾十方三世其手

寻索复寻索，竟连

半个芥子大，乃至秋毫之末之我

都无所见；更谁理会得

风有边，月无边

然而，有时又不免抱恨

世界太贵又太小

小到贵到不知该向何处去隐藏

隐藏我的孤寂——

虽然我的孤寂非山

无泪，且不识字

一九八九年五月一日于新店

吹剑录十三则
报刘金纯兼示黄小鹏与叶惠芬

　　吹剑者，谓无韵也。

之一

上帝
从虚空里走出来
彷徨四顾，说：
我要创造一切，
我寂寞！

之二

只为对抗

孤寂

这匝天匝地的侵害

没有翅膀的山

甲胄似的

披满了绿苔

之三

连一些些儿风影和水光都无

时间的女儿

腼腆的昼与夜

轻手轻脚的行过——

我们只惊叹于白芙蕖的花瓣

合拢了

又绽开,绽开

又合拢了

之四

浩浩荡荡的江河

挟泥沙以俱下的江河

他的名字,或者

该称之为"不废"吧!

然而,没有名字也有

没有名字的快乐

不被呼唤的快乐

仅次于"不废",或介于

"废"与"不废"之间的——

湖说。

之五

封藏得愈深,愈久

根须将愈牢固

枝叶将愈苍翠,愈密茂

而花事亦将愈演愈繁

　　　　欲尽无尽……

——种子,毕竟不欺人的!

之六

为惊喜,娇羞与满足而脸红?

看到花开,

眼前便闪过一抹笑影:

朝霞似的

是属于春天这小女孩

未嫁,而已然做了妈妈的

之七

失明或失踪:
太阳这婴儿
会不会有一天?

上帝不许。那时,将有第二个
第三,第不计其数的
入胎复入胎

信否? 无不能生有
一有,永有:
孤独最最不能忍受孤独

之八

思量着

(不思量也一日百千次)

思量着自己

自己的肤色与身世

莫非与枇杷

缔结过生死缘?

在月色昏黄的山路边

曾经是木棉花

依旧是木棉花的你

抚今追昔,竟拳拳复拳拳

而环珮空归的

昭君怨起来

之九

一夜之间

芦花已老了十年

天西北而地东南

欸！这殷忧

这一叶落的兴亡

不记从何时起

竟悄悄落在

野人的头上

之十

唧唧复唧唧

纺织娘纺织着

六与七。

为甚么不四与五

或九与八？

为甚么不？

成灰与欲仙

美丽与哀愁

同时。

十三啊！纺织娘说：

我爱死了你

这数字

之十一

跟慈云大士一样

在软红十丈的尘外看我
我，想必也是
宝衣宝冠
手千而眼千
且顶有圆光，巍巍
照十方界如满月？

直到，直到有一天
恍如隔世的你
无端闯进大士藕孔的心里
至幸或至不幸的
你发现：在聋之下盲之上

赫然！好大两个黑窟窿

——跟我一样！

之十二

楚汉已七番人间了
第一颗棋子儿犹未落定

日影悄悄。云外无鸡犬
除了那人已灰的斧柄

之十三

"有你的，总是有你的！"
这是踏歌归去，啄余的
第九十九粒香米

像小麻雀一般的乐观

而今我是:天不怕地不怕

甚至稻草人也不

率然作

信否？人，可以被一根发丝牵着，

行过千山万壑。

—— Knut Hamsun

花有花的

不得已。蝴蝶

蝴蝶也有蝴蝶的

想来那滋味一准

不很好受甚至

甚至很不很不好受

想来那滋味

不得已的滋味

明知良夜不为谁而淹留

我们的蝴蝶，却永远

为"不得已"而寻寻觅觅

而生生世世生生

而将一个又一个春天

而将多少福慧修成的翩翩，一笑

付之于成灰的等闲

至于花，花的谜题

是没有底的！

她们多半坚持不透明或半透明的静默

除了恣意将香泽向迷路散播

除了偶尔悄悄将心事

向晨风或夕露诉说

——生怕自己的心跳被蝴蝶听见

又恨不得天下有耳朵的全是蝴蝶

实在参不透这不得已

究为谁所主使
既生而为花
既生而为蝴蝶
你就无所逃于花之所以为花
蝴蝶之所以为蝴蝶了

不得已。艰难而扑朔迷离的
不得已:
所以,悲悯吧
夜半之大力者啊!

山泉

怎样一场立地即可到家的说法
右胁而娓娓不倦的山
如是如是如是
说了又说,说了
又说又说——该说的都说了,却又
说了等于没说

说了等于没说,谁信
更谁识得这半句偈的半字?
我欲分身无量复无边
身身皆耳,皆眼

是的!我已听见你了

石与树,鸟与烟

乃至,乃至因害羞

而隐身于菟丝花的背面

那含睇又宜笑的山鬼也听见了

只是,只是啊

有而不妙的我,好想好想知道

妙而不有的你,可也

可也听见我的听见?

欸! 听见我听见你的听见的

一九八九年元月廿七日

半个孤儿
——响应孟东篱"绿色和平运动"

本是同根生的

连体婴:

树与人

虽然我头朝下长

你头朝上长

盘错的方向虽不同

刀锯来时

痛! 都是一样的

实难解无足的我何害于有足的你且双足

这无穷高无极远的地天

欲占,能占得几许?

从来不敢越过自己本分一步
一片叶子落下都战战兢兢的
谁信？恩仇盲目如斯
自家的小兄弟
（而且头朝下长）
扶持都来不及
嘘吹都来不及

谁信？人间有手：
白于白雪之白的白刃
正狭路，如风
袭向伊的连体

忍，除了忍
不抵抗，除了不抵抗
当刀锯来时
好想以我绿中之绿的发中之发
自地下

绕过母亲荒远而苍凉的微笑

和你

白刃之白交握

若一切已然将然未然总归之于

必然和当然

若白刃之白亦有其

作为白刃之白的苦处和不得已

无须踌躇！甚至无须

再看你的兄弟最后一眼

血，干了还会再干

而兄弟之所以为兄弟

无论头朝下或朝上长

我们的根——我们的母亲就只有一个啊！

附录

岁末怀人六帖 代后记

之一

曾文正公之生也，以嘉庆辛未年十月十一日亥时。曾祖竟希封翁，年已七十，方寝，忽梦有神虬蜿蜒自空而下，憩于中庭，首属于梁，尾蟠于柱，鳞甲森然，黄色灿烂，不敢逼视。惊怖而寤。则家人来报添曾孙矣。封翁喜。召公父竹亭，封翁告以所梦。且曰：是子必大吾门，当善视之。是月有苍藤生于宅内，其形夭矫屈蟠，绝似竟希封翁梦中所见。厥后家人，每观藤之枯荣，卜公之境遇，其岁枝叶繁茂，则登科第，转官阶，剿贼迭获大胜。如在丁忧期内，或追寇致败，屡濒于危，则藤亦兀兀然作欲槁之状。如是者历年不爽。公之乡人类能言之。饶州知府张沣翰，善相人，相公为龙之癫者。谓其端坐注视，张爪刮须似癫龙也。公终身患癣。余在公幕八年，每晨起必邀余围棋。公目注楸枰，而两手自搔其肤不少息，顷之，案上肌屑每为之满。同治壬申二月初二日申刻，公偶游署中花园，世子劼刚侍，公忽连声称脚麻脚麻，一笑而逝。世子亟与家人扶公入室，盖已薨矣。是时城中官吏来奔视者，望见西面火光烛天，咸以为水西门外失火。江甯上元两县令，亟发隶役赴救，至则居民寂然。遍问远近，无失火者。黄军门（翼升）祭文有曰：宝光烛天，微雨清尘。盖纪实也。自后庞观察（际云）来自清江浦，成游戎（天麟）来自泰州，皆云：初二日傍晚，见大星西陨，光芒如月，适公骑箕之夕云。

右薛福成著《庸盦笔记》卷四述异一则。
小房东萤雪斋主季鲁曾进丰仁弟玄览

之二

唐文宗嗜食蛤蜊，海民供应甚劳。一日，御厨走报，新得一蛤蜊大于掌，中夜不剖自开，神光煜耀，而观音大士圣像宛然在焉。帝惊且喜且疑且骇，以问惟政禅师：此何祥也？师曰：臣闻物无虚应，此乃启陛下之信心耳！妙莲华经所谓应以大士身得渡，即现大士身说法也。帝曰：大士所说何法？

朕何不闻？师曰：陛下尔后仍每食必以蛤蜊佐膳否？帝曰：不敢！蛤蜊虽微物，亦有佛性，而识痛痒。今大士已示警，朕虽薄德，宁忍以口腹之欲，伤天地之和，丛神人之怒，而自织自铸无穷之恨与悔，苦网与祸阶？师曰：善哉！此无上无边微妙清净慈悲平等之大法，陛下已信已闻，大士已说：虽只字未吐，其声如雷。

又，缙云管师仁处士，元旦五鼓出门。遇一大头鬼，貌甚狞恶。谓师仁曰：我瘟神也！然不为君祸；以君家有善行。问何善？曰：无他！惟数世以来，不食牛肉耳。

右二则，书与普门杂志老编潘秀玉贺岁。

之三

经言：有生于无，无生于无无；无无之无，其有无尽！

又，王鉴自题画松：倚天翠为盖，映日龙作鳞；千年风雨饵，谁是种松人？

新野高子飞大兄拐仙年禧！

之四

宋太祖问赵普：天地之间，何者为大？普沉吟未及答。少间，祖复问。普曰：道理最大。祖称善。

致戴胤伊。语见《梦溪笔谈》。

之五

上帝欲使人毁灭，必先使人疯狂。
上帝的磨（去声，名词），也许转得很慢；却很仔细。
蜜蜂采集花粉的同时，也为花粉作了传播的服务。
夜愈深愈黑，星光也愈灿亮。

右四箴言，不识出自何人之口。或谓史学家 Gustave Tlaubart 如是说。

淡水纯德幼儿园园长戴彩凤睿照：

之六

出书好比嫁女儿。吉期一日未届,嫁妆永远置不齐全;一旦花轿到门,鼓乐声喧,再不齐全也只好齐全了。

明廷王庆麟兄及其细君桥桥一笑:

二〇〇一年辛巳小除夕,
弟梦蝶洗砚于北县五峰山下。